萌漫大話 三國演義

司馬鬥 5 統

繪時光 編繪

Graphic Times 50

編　繪　繪時光

野人文化股份有限公司
社　　長　張瑩瑩
總 編 輯　蔡麗真
副 主 編　徐子涵
責任編輯　余文馨
專業校對　魏秋綢
行銷經理　林麗紅
行銷企畫　李映柔
封面設計　彭子馨
內頁排版　洪素貞

國家圖書館出版品預行編目（CIP）資料

萌漫大話三國演義 . 5, 大結局：司馬鬥諸
葛 . 三分歸一統 / 繪時光編繪 . -- 初版 .
-- 新北市：野人文化股份有限公司出版：遠
足文化事業股份有限公司發行 , 2023.12
面；　公分 . -- (Graphic times ; 50)
ISBN 978-986-384-976-6(平裝)

1.CST: 三國演義 2.CST: 漫畫

857.4523　　　　　　　　112019902

出　　版　野人文化股份有限公司
發　　行　遠足文化事業股份有限公司 (讀書共和國出版集團)
　　　　　地址：231 新北市新店區民權路 108-2 號 9 樓
　　　　　電話：（02）2218-1417　傳真：（02）8667-1065
　　　　　電子信箱：service@bookrep.com.tw
　　　　　網址：www.bookrep.com.tw
　　　　　郵撥帳號：19504465 遠足文化事業股份有限公司
　　　　　客服專線：0800-221-029
法律顧問　華洋法律事務所　蘇文生律師
印　　製　凱林彩印股份有限公司
初版首刷　2023 年 12 月

萌漫大話三國演義 (5)

線上讀者回函專用
QR CODE，你的寶
貴意見，將是我們
進步的最大動力。

野人文化
官方網頁

野人文化
讀者回函

第 1 章

諸葛亮計擒孟獲

第 2 章

出師表

第3章
空城計

第4章
又出祁山

第 7 章

司馬懿奪權

第 8 章

三分歸一統

第 1 章

諸葛亮計擒孟獲

縱虎歸山

上一集，我們說到諸葛亮率兵南征，捉住了蠻兵元帥董荼那及阿會喃。諸葛亮命令押過董荼那跟阿會喃至帳下，解開綁繩，以酒食招待，又讓他們各自歸洞，勿得助惡。二人泣拜，各投小路而去。

卻說蠻王孟獲在帳中正坐，忽然哨馬報來，說三洞元帥都被諸葛亮捉將去了，部下之兵各自潰散。孟獲大怒，遂起蠻兵迤邐進發，正遇蜀將王平軍馬。孟獲部將出戰，大戰王平。二將交鋒，戰不多時，王平撥馬便走。孟獲驅兵追趕。正追殺間，忽然喊聲大起。左有張嶷，右有張翼，兩路兵殺出，截斷歸路。王平、關索復兵殺回。前後夾攻，蠻兵大敗。

孟獲引部將死戰得以逃脫，往錦帶山而逃。背後三路兵追殺過來。孟獲正奔走之間，前面喊聲大起，一彪軍攔住，為首大將是常山趙子龍。孟獲見了大驚，慌忙奔錦帶山小路而走。趙雲衝殺一陣，蠻兵大敗，生擒者無數。孟獲只與數十騎奔入山谷之中，背後追兵近了，前面路狹，馬不能行，孟獲嚇壞了，趕緊丟棄馬匹，爬山越嶺而逃。

忽然山谷中一聲鼓響，是魏延遵從諸葛亮的計策，引五百步軍埋伏於此處。孟獲抵敵不住，被魏延生擒活捉了。魏延押著孟獲到大寨來見諸葛亮，諸葛亮早已殺牛宰羊，設宴在寨，還叫帳中排開隊伍，刀槍劍戟，燦若霜雪，又執御賜黃金鉞（ㄩㄝˋ）斧＊，曲柄傘蓋，前後羽葆鼓吹，左右排開御林軍，布列得十分嚴整。

＊鉞斧：武器名，形狀類似較大的斧頭，可作為象徵帝王權威的禮器，也作刑具。

諸葛亮端坐帳上，見被抓來的蠻兵不少，諸葛亮命人將他們一一鬆綁，好言安慰。

你們都是好百姓，只是不幸被孟獲利用。你們想想自己的親人，他們一定割肚牽腸、眼中流血。我就不殺你們了，都回家團聚去吧。

真的假的啊？

看樣子他不是逗我們。

丞相真是好人啊！

諸葛亮叫人把孟獲押過來，問他服氣嗎？孟獲說那是因為當時山路不好走所以不能騎馬，才上了你的當，不然你抓不住我。諸葛亮說到做到，真把孟獲給放了。眾將不解，這南蠻的魁首，抓住再放回去不就等於縱虎歸山嗎？諸葛亮胸有成竹，淡然一笑。

哪有那麼容易？

抓孟獲如探囊取物，易如反掌。

當日孟獲行至瀘水，正遇手下敗殘的蠻兵皆來尋探。眾兵見了孟獲，且驚且喜。孟獲吹牛說他越獄而逃，大家都很高興，簇擁著孟獲渡過瀘水，下住寨柵。孟獲彙集各洞酋長開會。董茶那、阿會喃二人懼怕，不敢前來。孟獲說我們要利用地勢，而不是躲起來，眾酋長一聽也同意，都把船筏收起來，開始依山傍崖建起土城，準備好滾木礧石 *，糧草也供應充足。

哎呀，大王是怎麼逃脫的？

啊，我越獄而逃，殺死了十幾個人，遇到一哨軍馬，都像切瓜砍菜一樣殺了。我不是非要他們的命，主要是相中了他們的馬。

大王厲害！大王威武！

* 礧石：古代作戰中，從高處投向地面以抵禦敵人的石塊。

諸葛亮軍馬趕來，前軍到了瀘水。時值五月，天氣炎熱，南方之地，分外炎酷，軍馬衣甲，皆穿不得。諸葛亮自至瀘水邊觀畢，回到本寨，聚諸將至帳中。諸葛亮派遣呂凱離瀘水百里陰涼之地，分作四個寨子；使王平、張嶷、張翼、關索各守一寨，內外皆搭草棚，遮蓋馬匹，將士乘涼，以避暑氣。

今孟獲兵屯瀘水之南，深溝高壘，以拒我兵；你們各自引兵，依山傍樹，選林木茂盛之處將息人馬。

蜀將馬岱帶著解暑的藥物和糧米趕到。諸葛亮把慰問品分給了四個寨子。馬岱被命令去打蠻兵，領兵前到沙口，驅兵渡水，因見水淺，眾軍大半不下筏，只裸衣而過，士兵到了一半時紛紛暈倒，急救傍岸，口鼻出血而死。

哎呀，不好！

馬岱

馬岱大驚，連夜回告諸葛亮。諸葛亮隨即喚嚮導土人詢問到底是怎麼回事？當地村民告訴諸葛亮，現在是炎熱的天氣，毒聚瀘水，日間甚熱，毒氣正發，有人渡水，必中其毒；或飲此水，其人必死。若要渡時，須待夜靜水冷，毒氣不起，飽食渡之，方可無事。

現在是炎熱的天氣，毒聚瀘水，必須等到夜靜水冷，毒氣不起時再渡河，方可無事。

原來如此！

村民

諸葛亮叫當地村民引路，又選精壯軍五六百，隨著馬岱來到瀘水沙口，紮起木筏，半夜渡水，果然無事。馬岱領著二千壯軍，令村人引路，徑取蠻洞運糧總路口夾山峪而來。那夾山峪兩下是山，中間有一條路，只能容一人一馬而過。馬岱占了夾山峪，分撥軍士，立起寨柵。洞蠻不知，正解糧到，被馬岱前後截住，奪糧百餘車，蠻人報入孟獲大寨中。

此時孟獲在寨中，終日飲酒取樂，不理軍務，他跟各位酋長說，不跟諸葛亮正面開戰就不會中計，我們靠著瀘水之險，深溝高壘以待之，蜀人受不過酷熱，必然退走，到時候我們隨後追擊，便可擒諸葛亮。正說話間，忽然蠻兵報告說發現蜀兵無數，暗渡瀘水，絕斷了夾山糧道，軍旗寫著「平北將軍馬岱」。

董荼那引蠻兵到了夾山峪下寨，馬岱引兵來迎。部內軍有人認出董荼那，說與馬岱如此如此。馬岱縱馬向前大罵曰：「無義背恩之徒！我們丞相饒了你性命，今又背反，豈不自羞！」董荼那滿面慚愧，無言可答，不戰而退。

他把我罵得無地自容！

無義背恩之徒！

孟獲得知董荼那不戰而退，大怒，非要殺了他。眾酋長再三求情，孟獲才免他死罪，叫武士打了他一百大棍。董荼那回到本寨中，愈想愈生氣。

孟獲太不像話了，不然我殺了孟獲，投奔諸葛亮算了。

於是董荼那手執鋼刀，引百餘人直奔大寨而來。孟獲大醉於帳中，董荼那引眾人持刀而入，把孟獲給抓住。

卻說蜀營已有細作探知此事，於是諸葛亮密傳號令，要各寨將士整頓軍器，再命為首酋長押解孟獲入來，其餘皆回本寨聽候。董荼那先入中軍見諸葛亮，細說其事。諸葛亮重加賞勞，用好言撫慰，遣董荼那引眾酋長去了，然後令刀斧手推孟獲入。孟獲還是不服，認為這也不是諸葛亮的本事。諸葛亮笑了笑，又把他放了。

三擒孟獲

孟獲再回洞中，與親弟孟優商議對策。孟優領了兄計，引百餘蠻兵，搬載金珠、寶貝、象牙、犀角之類，渡了瀘水，徑投諸葛亮大寨而來，才剛過河，前面鼓角齊鳴，一彪軍擺開，爲首大將乃馬岱也。諸葛亮召喚趙雲入，向耳畔吩咐如此如此，又喚魏延入，也低聲吩咐，再又喚王平、馬忠、關索入，都密密地吩咐了。

你先這樣，然後我這樣……

聽哥哥的！

孟優

孟優見諸葛亮，送上金珠寶貝。諸葛亮看了孟優隨從百餘人，都是青眼黑面，黃髮紫鬚，耳帶金環，髡ㄎㄨㄣ頭跣ㄒㄧㄢˇ足 *，身長力大之士。諸葛亮就令隨席而坐，教諸將勸酒，殷勤相待。卻說孟獲在帳中等著回信，忽報有兩個人回來，喚入問之，都說諸葛亮受了禮物大喜，將隨行之人皆喚入帳中，殺牛宰羊，設宴相待。二大王令人密報大王：今夜二更，裡應外合，以成大事。孟獲聽知甚喜，即點起三萬蠻兵，分爲三隊。

來，喝酒吃肉！

哇，有酒？有肉？

馬謖

呂凱

* 髡頭跣足：披頭散髮且光著腳。

孟獲帶領心腹蠻將百餘人直奔諸葛亮大寨，於路並無一軍阻攔。前至寨門，孟獲率眾將驟馬而入，乃是空寨，不見一人。孟獲撞入中軍，只見帳中燈燭熒ㄓˊ煌*，孟優和番兵盡皆醉倒。原來諸葛亮教馬謖、呂凱二人管待孟優，令樂人搬做雜劇，殷勤勸酒，酒內下藥，蠻兵盡皆昏倒，渾如醉死之人。孟獲知道中計，急忙救下孟優等一干人。

哎呀，又被諸葛亮給算計了！快撤！

呼嚕呼嚕—

ㄗㄗ∞∞∞∞

* 燈燭熒煌：燈火明亮輝煌。

孟獲想跑卻來不及了，前面喊聲大震，火光驟起，蠻兵各自逃竄。一彪軍殺到，乃是蜀將王平。孟獲急奔左隊時，火光沖天，另一彪軍殺到，為首蜀將乃是魏延。孟獲慌忙望右隊而來，只見火光又起，又一彪軍殺到，為首蜀將乃是趙雲。三路軍夾攻將來，四下無路。孟獲棄了軍士，一匹馬望瀘水面逃。正見瀘水上數十個蠻兵，駕一小舟，孟獲慌令近岸。人馬方才下船，一聲號起，將孟獲縛住。原來馬岱受了計策，引本部兵扮作蠻兵，撐船在此，誘擒孟獲。孟獲被諸葛亮抓住三次了，仍然不服氣。他把這次被抓的責任完全歸咎於弟弟孟優貪杯。諸葛亮令武士去其繩索，放了孟獲，並將孟優及各洞酋長都放了。孟獲等人拜謝而去。

弟弟貪杯，該放我走！

又放？！

我心裡有數！

17

卻說孟獲受了三擒之氣，忿忿回到銀坑洞中，即差心腹人帶著金珠寶貝往八番九十三甸等處，並蠻方部落，借使刀牌獠丁軍健數十萬，準備齊備，各隊人馬雲推霧擁，俱聽孟獲調用。

我被整得太窩囊了，這回我要跟諸葛亮決一死戰！

卻說孟獲引數十萬蠻兵，恨怒而來。將近西洱河，孟獲引前部一萬刀牌獠丁，直扣前寨罵戰。諸葛亮頭戴綸巾，身披鶴氅，手執羽扇，乘駟馬車，左右眾將簇擁而出。只見孟獲身穿犀皮甲，頭頂朱紅盔，左手挽牌，右手執刀，騎赤毛牛，口中辱罵，手下萬餘洞丁，各舞刀牌，往來衝突。諸葛亮急令退回本寨，四面緊閉，不許出戰。蠻兵皆裸衣赤身，直到寨門前叫罵。諸將大怒，都來請戰，但諸葛亮閉門不出。

丞相，他們太囂張了。

讓他們先猖狂一會兒，我自有妙計。

蜀兵堅守數日。諸葛亮在高處觀察，發現蠻兵已多懈怠，諸葛亮覺得時機來了。安排部署以後，諸葛亮只教關索護車。眾軍退去，寨中多設燈火。蠻兵望見，不敢衝突。

次日平明，孟獲引大隊蠻兵徑到蜀寨之時，只見三個大寨皆無人馬，於內棄下糧草車仗數百餘輛。

於是孟獲自驅前部，直到西洱河邊。望見河北岸上，寨中旗幟整齊如故，燦若雲錦；沿河一帶，又設錦城。蠻兵哨見，皆不敢進。

孟獲將蠻兵屯於河岸，又使人去山上砍竹為筏，以備渡河，再將敢戰之兵皆移於寨前面，卻不知蜀兵早已入自己之境。是日，狂風大起。四壁廂火明鼓響，蜀兵殺到。蠻兵獠丁，自相衝突，孟獲大驚，急引宗族洞丁殺開條路，徑奔舊寨。忽一彪軍從寨中殺出，乃是趙雲。孟獲慌忙回西洱河，望山僻處而走。又一彪軍殺出，乃是馬岱。孟獲只剩得數十個敗殘兵，望山谷中而逃。見南、北、西三處塵頭火光，因此不敢前進，只得望東奔走，方才轉過山口，見一大林之前，數十從人，引一輛小車，車上端坐諸葛亮。

他怎麼神出鬼沒？

諸葛亮太可怕了！

這下孟獲真的拼命了，他帶著數騎蠻兵，猛力向前。孟獲當先吶喊，搶到大林之前，撲通一聲踏入一個陷阱坑，眾人一齊塌倒。大林之內轉出魏延，引數百軍來，將蠻兵一個個拖出，用索縛定。

哎呀，諸葛亮，你太卑鄙了吧！使陰招！我不服！

孟獲不服氣，諸葛亮就哈哈大笑，再次把孟獲給放了。孟獲回來見到弟弟孟優，兄弟兩人抱頭痛哭，回想起這一次次被抓，他們悲恨交加。

哥啊，我總算明白了，我們是屢戰屢敗。最好的辦法就是躲到山陰洞裡不出來，叫他逮不著我們。時間一長，蜀兵熱得受不了就退兵了。他一退兵，我們就追殺過去。

可是我們躲哪裡？

此去西南有一洞，名曰禿龍洞。洞主朵思大王，跟我私交深厚，可以去投奔他。

諸葛亮率領軍馬行進，天氣炎熱，軍馬疲乏。此時只見前方有一泉水，人馬都渴了，爭飲此水。王平探有此路，回報諸葛亮。比及到大寨之時，發生了奇怪的事情，大家都不能說話了。諸葛亮大驚，知是中毒，遂自駕小車，引數十人前來看時，見一潭清水，深不見底，水氣凜凜。

諸葛亮下車，登高望之，只見四壁峰嶺，鳥雀不聞，心中大疑。忽然望見遠遠山岡之上，有一古廟。隱隱看見對山一老叟扶杖而來。

老叟告知這泉水的凶險，以及解決方法。諸葛亮連忙拜謝，老叟說完，朝著廟後的石壁大喝一聲，石壁馬上開啟一條縫隙，老叟進入。諸葛亮大驚，再次拜謝。

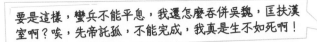

此泉之外，又有三泉：東南有一泉，其水至冷，人若飲水，咽喉無暖氣，身軀軟弱而死，名曰柔泉；正南有一泉，人若濺之在身，手足皆黑而死，名曰黑泉；西南有一泉，沸如熱湯，人若浴之，皮肉盡脫而死，名曰滅泉。敝處有此四泉，毒氣所聚，無藥可治，又煙瘴甚起，惟未、申、酉三個時辰可往來；餘者時辰，皆瘴氣密布，觸之即死。

要是這樣，蠻兵不能平息，我還怎麼吞併吳魏，匡扶漢室啊？唉，先帝託孤，不能完成，我真是生不如死啊！

丞相不用擔心。離這正西數里有一山谷，有一條溪名曰萬安溪。上有一高士，號為萬安隱者；其草庵後有一泉，名安樂泉。人若中毒，汲其水飲之即癒。有人或生疔癩，或感瘴氣，於萬安溪內浴之，自然無事，更兼庵前有一等草，名曰薤葉芸香。人若口含一葉，則瘴氣不染。

能解決這個問題真是太好了，謝謝您，老人家。

我是本處的山神，奉伏波將軍之命，特來指點迷津。

次日，諸葛亮備信香、禮物，引王平及眾啞軍，連夜迤邐而進。入山谷小徑，約行二十餘里，但見長松大柏，茂竹奇花，環繞一莊，籬落之中有數間茅屋，聞得馨香噴鼻。諸葛亮大喜，到莊前叩門，早有一人，竹冠草履，白袍皂條，迎出門來。

隱者指引眾人取來泉水飲用。王平等眾啞軍來到溪邊，汲水飲之；隨即吐出惡涎，便能言語。兵將們歡呼雀躍起來。

好喝，我是不是能說話了？

隱者招待諸葛亮，告訴諸葛亮此間蠻洞多毒蛇惡蠍，柳花飄入溪泉之間，水不可飲，但掘地為泉，汲水飲之方可。諸葛亮十分感激，表達謝意。這時隱者才介紹自己，這隱者竟然是孟獲的哥哥孟節！諸葛亮一聽愣住了，我跟你二弟、三弟交戰，你卻在背後幫助我，這是為什麼？孟節解釋說，父母早亡，二弟強惡，不歸人管，屢次勸說不聽，所以他才更名改姓隱居在這裡。諸葛亮一時很是感慨。

我是孟獲的大哥，我叫孟節。父母早亡，二弟強惡，不歸人管。屢次勸說不聽，所以才更名改姓隱居在這裡。

我要奏明天子，立你為王！

我是嫌棄被功名利祿所累，才逃到這裡隱居的，怎麼可能貪戀富貴？

同樣是一奶同胞的親兄弟，品格怎麼差這麼多？

諸葛亮回到大寨之中，令軍士掘地取水。掘下二十餘丈，並無滴水，凡掘十餘處，皆是如此。軍心驚慌。諸葛亮夜半焚香禱告，希望上天能夠賜水。第二天早上一看，奇蹟發生了，滿井都是甘泉。

哇！真的有水！

諸葛亮得到了甘泉，由小路直入禿龍洞前下寨。蠻兵趕緊去報告孟獲，說蜀兵沒有染上瘴疫之氣，又無枯渴之患，我們厲害的四泉不靈了。朵思大王不信，親自和孟獲爬上高山探視。一看，蜀兵果然活蹦亂跳，安然無事。

朵思大王

五次遭擒

有人稟報，洞後迤西銀冶洞二十一洞主楊鋒引三萬兵來助戰。孟獲大喜，趕緊跟朵思大王出洞迎接。

我有精兵三萬，皆披鐵甲，能飛山越嶺，足以敵蜀兵百萬；我有五子，皆武藝足備。願助大王。

厲害啊，趕緊給我看看。

楊鋒令五子入拜，皆彪軀虎體，威風抖擻。孟獲大喜，遂設席相待楊鋒父子。酒至半酣，楊鋒提議叫隨軍蠻姑舞刀助興。孟獲很開心，正喝得高興的時候，楊鋒大喝一聲，將孟獲、孟優擒住。

別鬧！這又是什麼節目？

誰跟你演節目，我兄弟感念諸葛丞相救命之恩，沒有什麼能報答他的，抓住你們送給他們當禮物。

楊鋒把孟獲兄弟和朵思大王押解著來到諸葛亮大寨。
諸葛亮重賞楊鋒，問孟獲服不服氣？

都是楊鋒吃裡扒外。
我祖居銀坑山中，有三江之
險，重關之固。你要是能抓
住我，我就服你，我子子
孫孫都服你。

來人，把孟獲
他們放了。

卻說孟獲回到洞中，聚集宗黨千餘人。屢次被蜀兵抓
住，他這次發誓報仇。孟獲的小舅子現為八番部長，
名曰帶來洞主，他親自來看望孟獲。

此去西南入納洞，
洞主木鹿大王深通法術，出則騎
象，能呼風喚雨，常有虎豹豺狼、
毒蛇惡蠍跟隨。手下更有三萬神
兵，甚是英勇。大王可修書具禮，
我親往求之助陣。

好，小舅子
你去聯絡吧！

帶來洞主

卻說諸葛亮提兵直至三江城，遙望見此城三面傍江，一面通旱；即遣魏延、趙雲同領一軍，於旱路攻打城。軍到城下時，城上弓弩齊發：原來洞中之人，多習弓弩，一弩齊十矢，箭頭上皆用毒藥；蜀兵有中箭者，皮肉皆爛，毒攻五臟而死。

我去現場看看情況。

諸葛亮自乘小車，到軍前看了虛實，回到寨中，令軍退數里下寨。蠻兵望見蜀兵遠退，都哈哈大笑，以爲蜀兵懼怯而退，因此夜間安心穩睡，不去哨探。諸葛亮又下令，叫每個人用衣服包土一包，不包土的斬。看兵將每人都準備好了，諸葛亮很高興。他下令，叫大家抱著土飛奔到三江城下去，按照名次有獎賞。這下可好看了，眾軍聞令，馬上抱著土開始衝刺。城上的蠻兵都看傻了，諸葛亮這是幹什麼啊？諸葛亮下令積土爲蹬道，先上城者爲頭功。於是蜀兵十餘萬，並降兵萬餘，將所包之土，一齊棄於城下。一霎時，積土成山，接連城上。

只聽見一聲號令，蜀兵攻上城池。蠻兵急放弩時已經來不及了，多半都被蜀兵殺害，剩下的棄城而逃。朵思大王指揮亂軍，也被蜀兵殺了。蜀將督軍分路剿殺。諸葛亮取了三江城，所得珍寶，皆賞三軍。

什麼情況！？

敗殘蠻兵逃回見孟獲說，朵思大王身死，失了三江城。孟獲嚇壞了，愈害怕愈有壞消息，有人報說蜀兵已渡江，在本洞前下寨。忽然屏風後一人大笑而出。孟獲一看，是自己的妻子祝融夫人。她世居南蠻，乃祝融氏之後，善使飛刀，百發百中。

男子漢大丈夫，你怕什麼？我雖是女流之輩，但不怕蜀兵，我去出戰。

夫人，那你小心！
諸葛亮滿肚子壞水！

孟獲夫人

祝融夫人上馬，引宗黨猛將數百員、生力洞兵五萬，出銀坑宮闕，來與蜀兵對敵。祝融夫人轉過洞口，遇到一彪軍攔住，乃是蜀將張嶷，兩個人戰在一處。戰了幾回合，祝融夫人撥馬便走。張嶷趕去，空中一把飛刀落下。張嶷急用手隔，正中左臂，翻身落馬。蠻兵一聲喊，將張嶷執縛去了。

看刀！

啊！

蜀將馬忠聽得張嶷被抓，急出救時，早被蠻兵困住。望見祝融夫人挺標勒馬而立，馬忠忿怒向前去戰，坐下馬被絆倒，也被擒了。張嶷和馬忠都被押解入洞中來見孟獲，孟獲還算有點良心，他覺得諸葛亮都放他五回了，不能抓住諸葛亮的大將就馬上殺了人家。還是等逮住諸葛亮後再一起處置。

呼，撿回一條命。

那先不殺，押下去，我們喝酒。

馬忠

張嶷

次日，蠻兵報入洞中，說趙雲前來挑戰。祝融夫人立即上馬出迎。二人戰了幾回，趙雲撥馬便走。祝融夫人恐有埋伏，勒兵而回。魏延引軍齊聲辱罵，祝融夫人急挺標來取魏延。魏延撥馬便走。祝融夫人忿怒趕來，魏延驟馬奔入山僻小路。忽然背後一聲響，魏延回頭視之，祝融夫人仰鞍落馬，原來馬岱埋伏在此，用絆馬索將其絆倒。

三個大男人欺負我一個！

我一個回合就打敗你這個姑娘！

兩人抓住祝融夫人，押到大寨。諸葛亮趕緊叫武士給祝融夫人鬆綁，賜酒壓驚。還派人去告訴孟獲，你夫人什麼事都沒有，不如這樣，你們用張嶷、馬忠二將來交換祝融夫人吧？孟獲一聽，那還等什麼？趕緊交換。於是用張嶷和馬忠把祝融夫人換了回來。孟獲把夫人接入大寨，噓寒問暖，又喜又惱。

諸葛亮真是神仙，能算到我骨髓裡去。

夫人，你受驚了。

外面忽然有人稟報八納洞主木鹿大王到。孟獲出洞迎接，見其人騎著白象，身穿金珠纓絡，腰懸兩口大刀，領著一班餵養虎豹豺狼之士，簇擁而入。這木鹿大王會唸咒語，手搖蒂鐘。忽然狂風大作，飛砂走石，如同驟雨，一聲畫角響，虎豹豺狼，毒蛇猛獸，乘風而出，張牙舞爪，衝將過來。蜀兵不知如何抵擋，往後便退。

哎呀，你可來了，那諸葛亮太不像話了。

收拾他小意思啦！

木鹿大王

諸葛亮胸有成竹，他知道南蠻有驅虎豹之法，在蜀中已辦下破此陣之物，隨軍有二十輛車，俱封記在此。今日且用一半，留下一半。諸葛亮令左右取了十輛紅油櫃車到帳下，留十輛黑油櫃車在後。

聽我指揮。

諸葛亮命人將櫃打開，裡面皆是木刻彩畫巨獸，俱用五色絨線為毛衣，鋼鐵為牙爪，一個可騎坐十人。諸葛亮選了精壯軍士一千餘人，領了一百口內裝煙火之物，藏在軍中。次日，諸葛亮驅兵大進，布於洞口。蠻兵探知，入洞報與蠻王。木鹿大王自謂無敵，立刻與孟獲引洞兵而出。諸葛亮綸巾羽扇，身著道袍，端坐於車上。木鹿大王口中唸咒，頃刻之間，狂風大作，猛獸突出。諸葛亮將羽扇一搖，其風便回吹彼陣中去了，蜀陣中假獸擁出。蠻洞真獸見蜀陣巨獸口吐火焰，鼻出黑煙，身搖銅鈴，張牙舞爪而來，諸惡獸不敢前進，皆奔回蠻洞，反將蠻兵衝倒無數。諸葛亮驅兵大進，鼓角齊鳴，望前追殺。 木鹿大王死於亂軍之中。 諸葛亮大軍占領銀坑洞。

啊！
不好！

啊！快跑！跟諸葛亮打仗，必須跑得快！

33

次日，諸葛亮正要分兵緝擒孟獲，忽報蠻王孟獲妻弟帶來洞主，因勸孟獲歸降，孟獲不從，今將孟獲並祝融夫人及宗黨數百餘人盡皆擒來，獻與丞相。諸葛亮聽了以後，即喚張嶷、馬忠，吩咐如此如此。二將受了計，引二千精壯兵，伏於兩廊。

來人，放他們進來。

帶來洞主引刀斧手解孟獲等數百人，拜於殿下。諸葛亮下令擒下，兩廊壯兵齊出，二人捉一人，蠻兵盡被執縛。這孟獲被抓，心裡還是不服。諸葛亮也生氣了，把他們攆了出去。

都給我擒下！你們這點詭計，還想瞞得過我。你們各帶利刃，想趁機刺殺！

再被我抓住，一個都不能輕饒你們。

七擒孟獲

次日，烏戈國主兀突骨引一彪藤甲軍過河來，金鼓大震。魏延引兵出迎。蠻兵捲地而至。蜀兵以弩箭射到藤甲之上，皆不能透，俱落於地，刀砍槍刺，亦不能入。蠻兵皆使利刀鋼叉，蜀兵抵擋不了，盡皆敗走。諸葛亮觀察敵情，查看地形，心裡早有計策，如此這般吩咐下去。

> 丞相，我們這仗不好打啊。

> 南方這都是什麼人啊？

> 一切盡在掌控中。

魏延且戰且走，已敗十五陣，連棄七個營寨。蠻兵大進追殺。兀突骨親自在軍前破敵，於路但見林木茂盛之處，便不敢進，又使人遠望，果見樹陰之中旌旗招颭*。兀突骨大喜，於是不把蜀兵放在眼裡。至第十六日，魏延引敗殘兵來與藤甲軍對敵，兀突骨騎象當先，頭戴日月狼鬚帽，身披金珠纓絡，兩肋下露出生鱗甲，眼目中微有光芒，手指魏延大罵。魏延撥馬便走，後面蠻兵大進。魏延引兵轉過盤蛇谷，望白旗而走。兀突骨統引兵眾隨後追殺，望見山上並無草木，料無埋伏，放心追殺。趕到谷中，見路上有數十輛黑油櫃車。

> 放心前進！

兀突骨

* 招颭：飄揚。

兀突骨催兵追趕。將出谷口，不見蜀兵，只見橫木亂石滾下，壘斷谷口。兀突骨令兵開路而進，忽見前面大小車輛，裝載乾柴，盡皆火起。軍士報說谷口已被乾柴壘斷，車中原來是火藥，一齊燒著。兀突骨見無草木，心尚不慌，令尋路而走。只見山上兩邊亂丟火把，火把所到之處，地中藥線皆著，就地飛起鐵炮。滿谷中火光亂舞，但逢藤甲，無有不著。將兀突骨並三萬藤甲軍，燒得互相擁抱，死於盤蛇谷中。

卻說孟獲在寨中，有蠻兵來報說蜀兵大敗。孟獲大喜，立刻引宗黨並所聚番人，連夜上馬，令蠻兵引路。

方到盤蛇谷時，只見火光甚起，臭氣難聞。孟獲知道中計，急
退兵時，左邊張嶷，右邊馬忠，引兩路軍殺出。山凹裡一簇人
馬，擁出一輛小車；車中端坐一人，綸巾羽扇，身著道袍，乃
諸葛亮也。諸葛亮大喝曰：「反賊孟獲！今番如何？」孟獲急回
馬走。旁邊閃過一將，攔住去路，乃是馬岱。孟獲措手不及，
被馬岱生擒活捉了。此時王平、張翼已引一軍趕到蠻寨中，將
祝融夫人並一應老小皆活捉而來。

諸葛亮這回再問孟獲服氣嗎？孟獲哭了，這次他是徹徹底底地
服氣了。諸葛亮乃請孟獲上帳，設宴慶賀，就令永爲洞主。所
奪之地，盡皆退還。孟獲宗黨及諸蠻兵無不感戴，皆欣然跳躍
而去。後人有詩讚諸葛亮曰：「羽扇綸巾擁碧幢，　七擒妙策制
蠻王。至今溪洞傳威德，爲選高原立廟堂。」

祝融夫人是否真有其人?

在小說《三國演義》裡,祝融夫人是南蠻王孟獲的妻子。她有勇有謀,武藝高超,擅長使用飛刀,百發百中。她用飛刀傷張嶷,又用絆馬索擒下馬忠,是《三國演義》中唯一正式上過戰場的女子。但我們翻閱史料會發現歷史上並沒有祝融夫人,這位女將軍是羅貫中在小說中虛構出來的人物。那羅貫中為什麼要將這位虛構出來的孟獲夫人取名為祝融夫人?因為在華夏民族上古神話中,祝融氏是南方的火神,而雲南地區正好位於中國的南方,於是小說就把這位女將軍設定為火神祝融氏的後裔,取名為祝融夫人。

「七擒孟獲」之後孟獲去了哪裡?

　　在小說《三國演義》裡,諸葛亮七擒七縱孟獲之後,「就令孟獲永為洞主,所奪之地,盡皆退還」。按照小說,諸葛亮不但將南蠻之地都還給孟獲,還任命孟獲為蠻族世襲大王。但我們翻閱史料會發現,孟獲並沒有被留在南蠻之地。根據《華陽國志》記載:「諸葛亮收孟獲為官屬,獲,御史中丞。」由此可知,諸葛亮把孟獲帶到成都,還任命他為御史中丞。御史中丞是個文職,負責檢查紀律,彈劾百官。孟獲能獲得這個官職,看來他絕非一位沒有文化的莽夫,而是一位有很高文化素養的文士。

不留在南蠻了,我要去成都當京官。

你會什麼?

我的老公最棒了。

我不是莽夫,我是南蠻第一才子,文武雙全!

39

藤甲兵

在小說《三國演義》裡，藤甲兵是南蠻地區的特種部隊。藤甲的製作方法是先將藤草入水浸泡半月，再拿出來晾晒三日，然後用油浸一周，取出來晒乾後塗以桐油編製而成。士兵穿上這種鎧甲，刀槍不入，可以大大提高戰鬥力。而且藤甲非常輕盈，攀山不重，入水不沉，可以當小船一樣划行，但藤甲的唯一缺點就是怕火。

我們刀槍不入。

藤

① 水
②
③ 油

請你們吃火鍋呀。

快跑！

快跑！

《三國演義》第九十回寫道「驅巨獸六破蠻兵，燒藤甲七擒孟獲」講的就是諸葛亮利用藤甲兵怕火的弱點，火燒藤甲兵，最終制服孟獲的故事。但在歷史上真的有藤甲兵嗎？我們翻閱史料會發現，在三國時期並沒有關於藤甲兵的記載。藤甲兵真正出現在歷史上，是在元末明初時。

當當我藤甲兵的厲害！

騙人，三國時期根本沒有藤甲兵！

在明代茅元儀所作的《武備志·器械四》中，詳細記載了藤甲的製作過程，並強調「其甲輕堅，能隔矢刃。利於水火。又以此藤作笠，臨敵作盔，陰則備雨。」這個記載中不但沒有提到藤甲怕火，反而特意說明「利於水火」，也就是說藤甲並沒有怕火的弱點。

《三國演義》成書於元末明初，這很顯然是羅貫中以當時戰爭中的藤甲兵為原型，在小說中編寫出南蠻藤甲兵的藝術形象。藤甲兵在後來明、清兩朝的諸多戰爭中，都發揮過很大的作用，比如戚繼光抗倭的「鴛鴦陣」、鄭成功抗擊荷蘭侵略者時用的「藤牌兵」，還有康熙二十五年的雅克薩之戰，我們都能看到「藤甲」的身影。

小說雖然是虛構的，但藤甲的戰鬥力卻是真實的。

籌筆驛

拋擲南陽為主憂，北征東討盡良籌。
時來天地皆同力，運去英雄不自由。
千里山河輕孺子，兩朝冠劍恨譙周。
唯餘岩下多情水，猶解年年傍驛流。 〔唐〕羅隱

　　這又是一首通過緬懷諸葛亮而感嘆自身時運的詩歌。籌筆驛位於四川廣元縣，相傳蜀相諸葛亮出兵伐魏，曾駐軍籌劃於此。羅隱科舉落地之後，路過籌筆驛，懷古思今，將當年諸葛亮北伐失敗的原因，歸於「時運不濟」。雖然這種看法有些消極，但也表達了詩人落第之後的黯淡心情，以及對前途飄忽不定的惆悵。

　　「時來天地皆同力，運去英雄不自由」是這首詩的名句，被歷代廣為傳頌，意思是，時運來時，諸葛亮能聯吳抗曹、謀劃三分、七擒孟獲，但時運離去的時候，蜀漢的千里江山，只能眼睜睜地送給他人。這句詩讓古今無數壯志未酬的英雄人物心有戚戚、感同身受，道盡千古興亡之事。

第 2 章

出師表

❧ 曹丕託孤 ❧

卻說魏主曹丕在位七年，即蜀漢建興四年，曹丕先納夫人甄氏，即袁紹次子袁熙之婦，前破鄴城時所得。後生一子，名睿，字元仲，自幼聰明，不甚愛之。後曹丕又納安平廣宗人郭永之女爲貴妃。

甄夫人失寵，郭貴妃欲謀爲后，與幸臣張韜商議。當時曹丕生病，張韜乃詐稱在甄夫人宮中掘得桐木偶人，上書天子年月日時，誣陷她在背後詛咒曹丕。曹丕大怒，遂將甄夫人賜死，立郭貴妃爲后。

曹睿到了十五歲的時候，弓馬熟嫻。當年春二月，曹丕帶曹睿出獵。行於山塢之間，趕出子母二鹿，曹丕一箭射倒母鹿，回觀小鹿馳於曹睿馬前。

夏五月，曹丕感寒疾，醫治不痊，曹丕自知事情不好，趕緊召中軍大將軍曹真、鎮軍大將軍陳群、撫軍大將軍司馬懿三人入寢宮，也把曹睿招呼來。他囑咐大家，你們要是能同心輔佐朕之子，朕死後就能瞑目了。說完，曹丕垂淚駕崩，時年四十歲，在位七年。

於是曹真、陳群、司馬懿、曹休等人一面舉哀，一面擁立曹睿爲大魏皇帝。曹睿諡父曹丕爲文皇帝，諡母甄氏爲文昭皇后。封鍾繇爲太傅，曹真爲大將軍，曹休爲大司馬，華歆爲太尉，王朗爲司徒，陳群爲司空，司馬懿爲驃騎大將軍，其餘文武官僚，各個封贈並大赦天下。當時雍、涼二州缺人把守，司馬懿上表去把守西涼等處。曹睿從之，遂封司馬懿提督雍、涼等處兵馬。司馬懿領詔前去赴任。

早有細作飛報入川。諸葛亮大驚，曹丕已死，孺子曹睿即位，如今別人都不怕，就怕司馬懿有謀略。司馬懿現在督雍、涼兵馬，未來訓練有成時，必爲蜀中之大患，不如先起兵討伐。

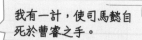我有一計，使司馬懿自死於曹睿之手。

請說。

遣人往洛陽、鄴郡等處散布流言，說司馬懿欲反；更作司馬懿告示天下榜文，遍貼諸處。使曹睿心疑，必然殺此人也。

對，多給他造謠。

諸葛亮聽從參軍馬謖的建議，馬上派人密行此計去了。卻說鄴城門上，忽一日見貼著告示一道。守門者揭下，來奏曹睿。

啊，司馬懿這是要謀反啊！這還了得！

昔太祖武皇帝，創立基業，本欲立陳思王子建為社稷主；不幸奸讒交集，歲久潛龍。皇孫曹叡，素無德行，妄自居尊，有負太祖之遺意。今吾應天順人，剋日興師，以慰萬民之望。告示到日，各宜歸命新君。如不順者，當滅九族！先此告聞，想宜知悉。

曹睿覽畢，大驚失色，急問群臣怎麼辦？

先時太祖武皇帝說，司馬懿鷹視狼顧，不可給他兵權啊！時間久了必為國家大禍。今日反情已萌，可誅之。

司馬懿深明韜略，善曉兵機，素有大志；若不早除，久必為禍。

忽班部中閃出大將軍曹真阻止，他說目前還不知道情況真假，只是聽外面的人在傳。現在發兵，不是逼他造反嗎？萬一是東吳和西蜀的反間計那就毀了，這事務必小心謹慎對待。

司馬懿要是真謀反怎麼辦？

如陛下心疑，可御駕親自去安邑，司馬懿必然來迎。觀其動靜，就車前擒之。

曹睿覺得可行，於是命令曹真監國，親自領御林軍十萬前往安邑。司馬懿不知其故，心想得讓天子看看我平素訓練軍馬的威嚴啊！於是率領甲士數萬來迎。這下可把曹睿嚇壞了，命曹休領兵迎接。司馬懿見兵馬前來，伏道而迎。

什麼時候的事？你們這是中了敵人的反間計啊！

你受先帝託孤，為什麼謀反？

司馬懿趕緊退了軍馬，來到陛下車前，俯伏跪地表示決心。

朕掐指一看……呃，掐指一算，不像壞人啊。

臣受先帝託孤之重，安敢有異心？必是吳、蜀之奸計。臣請提一旅之師，先破蜀，後伐吳，報先帝與陛下，以明臣心。

曹睿疑慮未決。華歆出主意，不給司馬懿兵權，叫他回家種地好了。曹睿心想也對，就把司馬懿削職為民，叫司馬懿種地去了。

愛卿，鄉下的空氣好，你去促進農業生產吧。

❧ 出師表 ❧

卻說細作探知此事，報入川中。諸葛亮聞之大喜。本來想打魏國好多年了，就是因爲有司馬懿在這擋著。這下司馬懿去種地了，那還等什麼？他馬上奏請後主劉禪，上書〈出師表〉表示北伐的決心。〈出師表〉闡述北伐的必要性以及諸葛亮對後主劉禪治國寄予的期望，言辭懇切，寫出了諸葛亮的一片忠誠之心。

先帝創業還沒有完成一半，就中途去世了。如今天下分為三國，我們蜀漢國立困弊，這真是危急存亡的時刻啊……

……您應該廣泛聽取臣下的意見，將先帝遺留下的美德發揚光大。

諸葛亮在〈出師表〉中以懇切委婉的言辭勸勉後主要廣開言路、嚴明賞罰及親賢遠佞，以此興復漢室，同時也表達自己以身許國，忠貞不二的決心。

……侍中郭攸之、費褘、董允等人，都是善良誠實、心志忠貞純潔的人，因此先帝選拔他們留給陛下。我認為宮中之事，無論大小，都應諮詢他們，然後施行，必能彌補缺失，集思廣益……

董允

郭攸之

費褘

〈出師表〉針對當時的局勢，反復勸勉劉禪要繼承先主劉備的遺志，開張聖聽，賞罰嚴明，以完成「興復漢室」的大業，表現出諸葛亮「北定中原」的堅強意志。

……親近賢臣，疏遠小人，這是前漢所以興盛的原因；親近小人，疏遠賢臣，這是後漢之所以衰敗的原因。先帝在世時，每次與臣談論這事，未嘗不嘆息而痛恨桓帝、靈帝時期的腐敗……

〈出師表〉內容大意為：「我原本是一個平民，在南陽耕田，只想在亂世裡苟全性命，不求在諸侯間揚名顯身。先帝不以我為卑微鄙陋，反而委屈自己，三次到草廬中來拜訪我，向我詢問天下大事，使我感動奮發，因此同意為先帝奔走效力。希望陛下把討伐漢賊、興復漢室的任務交給我去完成，若不能完成，就治我的罪，以告於先帝的英靈。」諸葛亮最後寫道：現在我即將遠行，一邊寫表，一邊流淚，真不知該說些什麼。

後主劉禪看完〈出師表〉感動不已。但是，班中太史譙周表示天象對我方不利，苦諫諸葛亮放棄北伐。然而，諸葛亮不從。

諸葛亮回到軍中，準備出兵伐魏。忽帳下一老將大聲說話，諸葛亮一看，正是常山趙雲趙子龍。

丞相，我雖然歲數大了，但還有廉頗之勇。為什麼不用我？

唉，老將軍，馬超得病剛剛去世，我怎麼捨得勞駕您啊？

大丈夫得死於疆場，我願為前部先鋒！

要不這樣吧，老將軍是先鋒，我跟著老將軍一同殺敵。

好吧。這脾氣也太大了。

諸葛亮出師，後主劉禪引百官送於北門外十里。諸葛亮辭了後主，旌旗蔽野，戈戟如林，率軍望漢中迤邐進發。

趙子龍斬五將

卻說探馬探知此事，報入洛陽，說諸葛亮率領大兵三十餘萬，出屯漢中，令趙雲、鄧芝爲前部先鋒，引兵入境，曹睿大驚。忽然有人應聲而出，願意去迎戰諸葛亮。

> 這諸葛亮找碴啊？誰可爲將，以退蜀兵？

曹睿一看，此人是魏將夏侯淵之子夏侯楙ㄇㄡˊ。因爲夏侯淵被黃忠殺了，曹操就把自己的女兒清河公主許配給他，因此夏侯楙成了曹操的女婿。曹睿命夏侯楙爲大都督，調關西諸路軍馬前去迎敵。

> 臣願意去抓諸葛亮！

夏侯楙

> 駙馬爺沒有實戰經驗，鬥不過諸葛亮啊！

卻說夏侯楙在長安聚集諸路軍馬，當時有一名西涼大
將韓德，擅長使用開山大斧，有萬夫不擋之勇，他引
西羌諸路兵八萬來見夏侯楙。夏侯楙重賞，派遣他爲
先鋒。韓德有四子，皆精通武藝，弓馬過人。

韓德帶著四個兒子以及西羌兵八萬取路至鳳鳴山，正
好遇見蜀兵，兩陣對圓 *。韓德出馬，四個兒子列於
兩邊。

* 對圓：指雙方陣營交戰時排好陣勢。

長子韓瑛躍馬來迎，戰不到三回合，就被趙雲一槍刺死於馬下。次子韓瑤見狀，縱馬揮刀來戰。趙雲施逞舊日虎威，抖擻精神迎戰。韓瑤抵敵不住，三子韓瓊急挺方天戟驟馬前來夾攻。趙雲全然不懼，槍法不亂。四子韓琪見二兄戰趙雲不下，也縱馬掄兩口日月刀而來，圍住趙雲。

沒幾個回合，韓琪中槍落馬，趙雲拖槍便走。韓瓊按戟，急取弓箭射之，連放三箭，皆被用槍撥落。韓瓊大怒，揮舞方天戟縱馬趕來，卻被趙雲一箭射中面門，落馬而死，韓瑤縱馬舉寶刀便砍趙雲。趙雲棄槍於地，閃過寶刀，生擒韓瑤歸陣，復縱馬取槍殺過陣來。

他爹躲到哪裡去了？我要拿下他！

韓德見四子皆喪於趙雲之手，肝膽皆裂。西涼兵素知趙雲之名，今見其英勇如昔，誰敢交鋒？趙雲馬到處，陣陣倒退。趙雲匹馬單槍，往來衝突，如入無人之境。鄧芝見趙雲大勝，率蜀兵掩殺，西涼兵大敗而走。韓德差點被趙雲擒住，棄甲步行而逃。

我的兒啊！

趙雲與鄧芝收軍回寨。

將軍壽已七旬，英勇如昨。今日陣前力斬四將，世所罕有！

哼，丞相嫌棄我老，還不想用我呢！

卻說韓德引敗軍回來見夏侯楙，哭告其事。於是，夏侯楙親自統兵來迎趙雲。趙雲上馬綽槍，引千餘軍，就鳳鳴山前擺成陣勢。當日，夏侯楙戴金盔、坐白馬、手提大砍刀，立在門旗之下。只見趙雲躍馬挺槍，往來馳騁。

你殺了我四個兒子，一個也沒給我剩啊，納命來！

戰不到三回合，槍起處，趙雲將韓德刺死於馬下，急撥馬直取夏侯楙。夏侯楙慌忙閃入本陣。鄧芝驅兵掩殺，魏兵又折一陣，撤退十餘里後下寨。

當年長坂坡的事看來是真的，趙子龍太厲害了。

來日都督再引兵出，先伏兩軍於左右，都督臨陣先退，誘趙雲到伏兵處，都督再登山指揮四面軍馬，重疊圍住，可以逮住趙雲。

程武

夏侯楙遣董禧引三萬軍伏於左，薛則引三萬軍伏於右。二人埋伏已定。次日，夏侯楙復整金鼓旗幡，率兵而進。趙雲、鄧芝出迎。

昨夜魏兵大敗而走，今日復來，必有詐也。老將軍要多加小心。

沒事！

魏將潘遂出迎，戰不到三回合，撥馬便走。趙雲趕去，魏陣中八員將士一齊來迎。趙雲乘勢追殺，鄧芝引兵繼續前進。趙雲深入重地，只聽見四面喊聲大震，於是鄧芝急忙收軍退回，此時，左有董禧，右有薛則，兩路兵殺到。鄧芝兵少，不能解救，趙雲被困在垓心，東衝西突，魏兵愈厚。

趙雲不能突圍，於是引兵殺上山來。半山中擂木炮石打了下來，趙雲無法上山。他從辰時殺至酉時還無法脫身，只好下馬稍事歇息，且待月明再戰。然而，趙雲才卸甲而坐，月光方出，忽然四下火光沖天，鼓聲大震，矢石如雨，是魏兵殺到。

忽然喊聲大起，魏兵紛紛亂竄，原來是關興和張苞殺到，解救了趙雲。

丞相恐老將軍有失，派我們引五千兵接應。

老將軍不要驚慌！

我沒慌！

當夜蜀漢三路兵夾攻，大破魏軍一陣。鄧芝引兵接應，殺得屍橫遍野，血流成河。夏侯楙乃無謀之人，更兼年幼，不曾經戰，見軍大亂，遂引帳下驍將百餘人，望南安郡而走。眾軍因見無主，盡皆逃竄。關興、張苞二將聞夏侯楙望南安郡去了，連夜趕來。夏侯楙走入城中，下令緊閉城門，驅兵守禦。興、苞二人趕到，將城圍住，趙雲隨後也到了，大家三面攻打南安城。少時，鄧芝亦引兵趕到。蜀兵一連圍城十日，攻打不下。

給我守住，守住，守住！
重要的事情說三遍！

孔明智取三城

忽然有人來報，說丞相留後軍駐沔陽，左軍屯陽平，右軍屯石城，親自引中軍來到。趙雲、鄧芝、關興、張苞皆來拜問諸葛亮，說他們連日攻城不下。於是，諸葛亮乘小車親自到城的周圍看了一遍，回寨升帳而坐。眾將環立聽令。

此處西連天水郡，北抵安定郡，二處太守，不知何人？

天水太守馬遵，安定太守崔諒。

諸葛亮大喜，招呼魏延受計，又喚關興、張苞受計，再喚心腹軍士二人受計，如此行之。各將領命，引兵而去。諸葛亮在南安城外，令軍士運柴草堆於城下，宣稱他們準備燒城。魏兵聞知，皆大笑不懼。

你們那是做白工！哈哈！

卻說安定太守崔諒在城中聽聞蜀兵圍了南安，困住夏侯楙，十分慌懼，即點軍馬約共四千，守住城池。忽然，他看見一人自正南而來，口稱有機密事項要報告。

我是夏侯都督帳下心腹將領裴緒。今奉都督將令，特來求救於天水、安定二郡。南安甚急，每日城上縱火為號，專望二郡救兵。

啊，你看都被汗濕透了。

哦，有文件嗎？

我信了，我馬上出兵相救。

沒兩天，又有報馬到，報告說天水太守已起兵救援南安去了，教安定早早接應。於是，崔諒與府官進行商議。崔諒提兵向南安大路進，遙望

若不去救，只怕失了南安，送了夏侯駙馬，皆我兩郡之罪。

只好救。文官守城，其他人趕緊行動。

見火光沖天，他催兵連夜前進，離南安尚有五十餘里，忽然聽見前後喊聲大震，哨馬報說前面關興截住去路，背後張苞殺來！安定之兵四下逃竄，崔諒大驚，於是率領手下百餘人，往小路死戰得脫，奔回安定。才到城壕邊，卻見城上亂箭射下來，原來是魏延扮作安定軍騙開城門，蜀兵已經占領了安定。

還是上當了！防不勝防啊！

崔諒慌忙投天水郡來。行不到一程，前面一彪軍擺開。大旗之
下，一人綸巾羽扇，道袍鶴氅，端坐於車上，此人正是丞相諸
葛亮，崔諒急忙撥回馬走。關興、張苞兩路兵追到，崔諒見四
面皆是蜀兵，不得已只好投降，與蜀兵同歸大寨。

現在麻煩你去說降
楊陵，然後把夏侯
楙逮住，行嗎？

丞相可暫退軍馬，
容我入城說之。

諸葛亮傳令，教四面軍馬各退二十里下寨。崔諒到城邊叫開城
門，入到府中，將事情經過告訴楊陵，楊陵也提出一計。崔諒
依計而行，出城見諸葛亮，說楊陵獻城門，接著放大軍入城以
擒夏侯楙。楊陵本欲親自捉拿他，但是因為手下勇士不多，未
敢輕動。

諸葛亮太狡猾了。我們
不如將計就計。

就說我同意投降，然後把蜀
兵引進來，進一個殺一個！

我就是這個意思。

嘿嘿，諸葛亮
上當了。

今有原降兵百餘人，
於內暗藏蜀將扮作安定軍馬，
帶入城去，先伏於夏侯府下，
再暗約楊陵，待半夜之時，
獻開城門，裡應外合。

崔諒不動聲色，同意了諸葛亮的主意。諸葛亮派關興和張苞披掛上馬，各執兵器，混入安定軍中，隨崔諒來到南安城下。

開門。

楊陵下城，在門邊迎接。關興手起刀落，斬楊陵於馬下。崔諒大驚，急撥馬奔到吊橋邊，張苞大喝一聲，手起一槍，刺崔諒於馬下。

崔兄，不是將計就計嗎？

諸葛亮怎麼心機這麼重？

關興到城上放起火來，四面蜀兵齊入。夏侯楙措手不及，開南門並力殺出。一彪軍攔住，為首大將乃是王平，雙方只交戰一回合，王平就生擒夏侯楙於馬上，餘皆殺死。

諸葛亮入南安，招諭軍民，秋毫無犯，並且將夏侯楙囚於車中。

歷史上夏侯楙與諸葛亮交過手嗎？

在小說《三國演義》中，夏侯楙是曹魏大將夏侯淵的兒子，自幼過繼成為夏侯惇之子。在漢中之戰時，蜀漢大將黃忠在定軍山斬殺夏侯淵，夏侯楙為了給父親夏侯淵報仇，於是主動請纓，前去長安對陣諸葛亮，但由於自身謀略不足，反被諸葛亮所擒。

> 我來去對付諸葛亮！

> 怎麼有不祥的預感……

在歷史上，夏侯楙原本就是夏侯惇的兒子，並不是夏侯淵之子。他因為父輩的榮耀，成為了駙馬。《三國志》對夏侯楙記載不多，只寫道他是關中都督，鎮守長安。但當諸葛亮北伐時，曹睿將他調離長安，所以歷史上的夏侯楙根本沒跟諸葛亮交過手。史書記載夏侯楙「性無武略，而好治生。」就是說夏侯楙沒有帶兵的謀略，只喜歡經營產業。可能正是因為這個原因，羅貫中才讓夏侯楙在小說中扮演一名軍事白痴，被諸葛亮輕易擊敗。

> 我根本沒有見過你，為啥就被你打敗了。

> 你本身就是一個軍事白痴，沒有遇見我，是你的幸運。

趙雲力斬五將是真的嗎？

《三國演義》第九十二回〈趙子龍力斬五將，諸葛亮智取三城〉，講述的是在蜀漢北伐時期，趙雲老當益壯，威風不減當年，在陣前斬殺魏國大將韓德和他的四個兒子。但我們翻閱《三國志》會發現，正史並沒有記載此事。

在歷史上，蜀漢的第一次北伐是趙雲最後一次出征沙場，但他的功績並不是在戰場上斬殺敵將，而是在大軍撤退時，靠自己的冷靜與勇敢親自斷後，將損失降到最低，這也給趙雲一生畫上一個完美的句號。第二年，趙雲就去世了。

歷史上的趙雲雖然不像《三國演義》中有那麼多傲人的戰績，但他的品德與膽略同樣值得人們稱頌。如今在民間，趙雲被奉為古代完美將軍的代表。

出師表

「表」是一種文體，是代表臣子上書給皇帝的文章，比如諸葛亮上書給劉禪的〈出師表〉，以及李密上書給司馬炎的〈陳情表〉。西元 227 年，蜀漢丞相諸葛亮為了完

成興復漢室、還於舊都的宏願，決定北上伐魏、克復中原。諸葛亮在即將出發之前向後主劉禪上書了一篇表文，這正是〈出師表〉。

整篇表文感情真摯，語言樸實。先用懇切委婉的言辭，勸勉後主劉禪要廣開言路、嚴明賞罰、親賢遠佞ㄋㄧㄥ，以此興復漢室。然後又表達自己要報答劉備三顧之禮，以身許國的情感。在全文六百餘字的篇幅裡，先後十三次提及「先帝」劉備，七次提到「陛下」劉禪。報答先帝、忠於陛下的思想貫穿全文，每句話不失臣子的身分，也切合長輩的口吻。〈出師表〉靠一番至忠至真的情感，千百年來，打動了無數讀者。

唐代白居易在讀〈出師表〉後寫道：「前後出師遺表在，令人一覽淚沾襟。」宋代陸游在〈病起書懷〉寫到：「出師一表通千古，夜半挑燈更細看。」文天祥在〈正氣歌〉中寫到：「或為出師表，鬼神泣壯烈。」明代人沈孚中在《綰春園》中更是寫道：「讀〈出師表〉不哭者，其人必不忠。」由此可見，〈出師表〉對後人巨大的影響。如今，〈出師表〉以及諸葛亮本人已經成為中華民族優秀品格的代表，被人們永久傳頌。

書憤

三國成語詩詞

> 早歲那知世事艱，中原北望氣如山。
> 樓船夜雪瓜洲渡，鐵馬秋風大散關。
> 塞上長城空自許，鏡中衰鬢已先斑。
> 出師一表真名世，千載誰堪伯仲間。　　〔宋〕陸游

　　在諸多讚美〈出師表〉的詩歌中，陸游的這一首〈書憤〉是最出名的。陸游生活在南宋時期，當時中原地區被金朝占領，陸游無時無刻不心繫著收復失地，但被朝廷的主和派屢次阻撓。諸葛亮〈出師表〉中「北定中原，還於舊都」的理想，與南宋主戰派的理想不謀而合，因此〈出師表〉就成了當時南宋諸多愛國人士的情感寄託。

我要老了，北伐很難實現了。

　　西元 1186 年，陸游罷官在家，時年六十有一。年邁的陸游深感自己的理想很難再實現了，於是夜讀〈出師表〉，感慨萬千，潸然淚下，寫下這首悲憤之作。全詩感情沉鬱，氣韻渾厚，將一腔愛國熱情化為悲憤詩句，灑落在字裡行間。

亮亮　亮亮

這是我的手書版〈出師表〉，送給你。

我是你的狂熱粉絲，請你幫我簽名！

第 3 章

空城計

馬謖拒諫

卻說諸葛亮在祁山寨中，忽然有人報說司馬懿八日已到新城，孟達措手不及，申耽、申儀、李輔、鄧賢又背叛去作內應，孟達已被亂軍所殺。司馬懿撤兵到長安，見了魏主，同張郃引兵出關來討伐西蜀。

司馬懿已經到新城啦！

就怕司馬懿出關，他必取街亭，斷了我們咽喉之路！

諸葛亮問誰敢引兵去守街亭。諸葛亮話音未落，參軍馬謖自告奮勇要去把守街亭。諸葛亮正色說，軍中無戲言，你要是堅持要去，那就寫軍令狀。我調撥給你兩萬五千精兵，再派一員上將幫助你前去。

太麻煩了，這兵書我翻得都爛了，對付魏兵不算什麼！

不能淨看書，還得要結合實踐。

諸葛亮不放心，馬上吩咐大將王平跟隨馬謖出征。諸葛亮瞭解王平平生謹慎，跟著馬謖去能夠及時提醒他。諸葛亮囑咐王平安營下寨必須得當，使賊兵急切不能偷過。安營以後一定要畫圖本來給我看。馬謖滿不在乎，和王平二人拜辭引兵而去。

王平，你必須時刻提醒馬謖注意。

丞相放心。

看著二人率大軍遠行，諸葛亮心想，萬一兩人有閃失可不行，馬上喊大將高翔過來。部將高翔率軍走了，諸葛亮又在心裡盤算，高翔非張郃對手，必得一員大將，屯兵於街亭之右，方可防之，於是他喚魏延引本部兵去街亭之後屯紮。

街亭東北上有一城，名列柳城，乃山僻小路，此可以屯兵紮寨。給你一萬兵馬，去此城屯紮。街亭一旦遇到危險，可引兵去救。

是！

丞相，我應該打頭陣，叫我去安閒的地方幹啥？

這個任務可是重中之重，不能大意！

75

一切安排妥當，諸葛亮才終於安下心來，然後呼趙雲
和鄧芝前來。

你們二人各引
一軍出箕谷，如逢
魏兵，或戰、或不
戰，以驚其心。

我親自統大軍，由
斜谷徑取城；若得
城，長安可破矣。

得令！

諸葛亮令姜維作先鋒，兵出斜谷。

姜維

卻說馬謖、王平二人兵到街亭，兩人查看地勢。王平建議在路口下寨，修建大寨，做好防禦。王平一看，馬上提出不同意見，說我們要是在道上屯兵，築起城垣，賊兵就過不去了。但要是在山上安營，被人家四面圍住怎麼辦啊？

你婆婆媽媽的像個姑娘，你看這兵書上都有寫，我們居高臨下，往下一衝，保證魏兵片甲不留。

我看了這山，是絕地啊。魏兵要是把水源斷了，軍士沒有水喝一定自亂陣腳。

馬謖聽王平這麼說，心裡不高興，臉就沉了下來。他拿兵書給王平看。

胡說八道！這上面都寫了，孫子說，置之死地而後生。魏兵敢斷水，我們就跟他拚命！

我不管孫子和兒子怎麼說。你分兵給我，我在山西下一小寨。我們呈犄角之勢，互相呼應。

真是紙上談兵。

兩人正在爭執，忽然山中居民成群結隊飛奔而來，報說魏兵已到。王平引兵離山十里下寨，畫成圖本，連夜差人去稟報諸葛亮，說馬謖親自於山上下寨。

速將此圖送給丞相！

卻說司馬懿在城中，令次子司馬昭去探前路。如果街亭有兵守禦，就按兵不前進。司馬昭奉令探了一遍，回見父親司馬懿。他告訴父親，街亭守軍在道上沒有設置寨柵，軍隊在山上呢，這樣拿下街亭就沒有問題了。司馬懿一聽，簡直樂壞了。

如果真在山上屯兵，那真是天助我也！

我親眼所見，街亭指日可破！

失街亭

卻說司馬懿回到寨中，打聽是何將引兵至守街亭？有人回報說是馬良之弟馬謖。

馬謖啊？徒有虛名，是一個庸才！諸葛亮怎麼會用他呢？

諸葛亮用得好！

司馬懿打探街亭左右有沒有駐軍，探馬報說王平在離山十里安營紮寨。於是，司馬懿見招拆招，命令大將張郃引軍攔住王平去路，又令申耽、申儀引兩路兵圍山，先斷了汲水道路，待蜀兵自亂，然後乘勢擊之。當夜調度已定。

按照我說的去辦，街亭必得！

是！

張郃

次日天明，張郃引兵先往蜀營背後去了。司馬懿大驅軍馬一擁而進，把山四面圍定。馬謖在山上看時，只見魏兵漫山遍野，旌旗隊伍，甚是嚴整。蜀兵見之，盡皆喪膽，不敢下山。

不要驚慌，你們看這兵書……

暈，他還看書啊？

馬謖將紅旗招動，命令軍隊往山下衝，軍將你我相推，無一人敢動。馬謖大怒，自殺二將。眾軍驚懼，只好努力下山衝向魏兵。然而，魏兵端然不動，蜀兵又退上山去。馬謖見大事不好，教軍隊緊守寨門，等待外應。

關上寨門，等待救援。

水都被斷了，我們沒戲唱了。

卻說王平見魏兵到，趕緊前來解圍，引軍殺來，正好遇見張郃。雙方戰有數十餘回，王平力窮勢孤，只得退去。

魏兵圍住馬謖，自辰時困至戌時，山上無水，軍不得食，寨中大亂。嚷到半夜時分，山南蜀兵大開寨門，下山降魏，馬謖根本阻止不了。

司馬懿又令人於沿山放火，山上蜀兵愈亂。馬謖料到守不住，
只得驅殘兵殺下山西逃奔。司馬懿放了一條大路讓馬謖通過，
背後張郃引兵追來。

馬謖狂逃三十餘里，前面鼓角齊鳴，一彪軍出，放過馬謖，攔
住張郃，正是蜀將魏延。魏延揮刀縱馬，直取張郃。張郃回軍
便走，魏延驅兵趕來，復奪街亭。

不要再退，跟我
殺回街亭。

失控了！兵書上
沒寫怎麼辦！

魏延趕到五十餘里，一聲喊起，兩邊伏兵齊出：左邊司馬懿，
右邊司馬昭，抄在魏延背後，把魏延困在垓心。張郃復來，
三路兵交戰在一處。魏延左衝右突，不得脫身，折兵大半。

呀呀，
我命危險！

正危急間，忽然有一彪軍殺入，正是王平。二將合兵
一處，大殺一陣，魏兵方退。

魏延和王平慌忙奔回寨時，營中皆是魏兵旌旗。申
耽、申儀從營中殺出。王平、魏延徑奔列柳城來投靠
高翔。

此時高翔聞知街亭有失，帶著柳城之兵前來救應，正遇魏延和王平兩人，於是向他們訴說前事。

待天色將晚，兵分三路。魏延引兵先進，徑到街亭，不見一人，心中大疑，未敢輕進，且伏在路口等候，忽見高翔兵到，二人共說魏兵不知在何處。忽然一聲炮響，火光沖天，鼓起震地，魏兵齊出，把魏延、高翔圍在垓心。

二人往來衝突，不得脫身。忽聽見山坡後喊聲若雷，一彪軍殺入，乃是王平。王平救了高、魏二人，徑奔列柳城來。奔到城下時，城邊早有一軍殺到，旗上大書魏都督郭淮字樣。郭淮正遇三將，大殺一陣。蜀兵傷者極多，魏延恐陽平關有失，慌與王平、高翔望陽平關來。

卻說郭淮收了軍馬，雖不得街亭，卻取了列柳城，亦是大功。引兵徑到城下叫門，只見城上一聲炮響，旗幟皆豎，當頭一面大旗，上書平西都督司馬懿。司馬懿撐起懸空板，倚定護心木欄杆。

你來晚了。

您真是神機妙算，我比不上你啊！

相見已畢，司馬懿接著安排之後的戰事。

魏延、王平、馬謖、
高翔等輩，必先去據陽平關。
你可從小路抄箕谷退兵。我親自引
兵抵擋斜谷之兵。若彼敗走，
不可相拒，只宜中途截住。
蜀兵輜重，可盡得也。

今街亭已失，
諸葛亮必走。
你趕緊去追趕。

張郃受計，引兵一半去了。司馬懿下令取斜谷，由西
城而進。西城雖山僻小縣，乃蜀兵屯糧之所，又是南
安、天水、安定三郡總路。若得此城，三郡可就收回
來了。於是司馬懿留申耽、申儀守列柳城，自己領大
軍望斜谷進。

彈琴退仲達

卻說諸葛亮令馬謖等人守街亭去後，猶豫不定。忽然有人報說王平派人送圖本來。諸葛亮喚入，左右呈上圖本，他在書桌上拆開視之，拍案大驚。

> 馬謖無知，這下完了！
> 此圖本失卻要路，占山為寨。
> 倘魏兵大至，四面圍合，斷汲
> 水道路，不須二日，
> 軍自亂矣。

此時報馬到來，說街亭、列柳城全都丟了。諸葛亮跌足長嘆大事去矣！他急忙喚關興、張苞，吩咐二人各引三千精兵，投武功山小路而行。如遇魏兵，不可大擊，只能鼓噪吶喊，為疑兵驚之，就算他們逃跑，亦不可追。待軍退盡，便投陽平關去。又令張翼先引軍去修理劍閣，以備歸路。諸葛亮又密傳號令，教大軍暗暗收拾行裝，以備起程，再令馬岱、姜維斷後，先伏於山谷中，待諸軍退盡，方始收兵。

> 哎哎呀，這可真是我的錯啊！

諸葛亮分撥已定，先引五千兵退去西城縣搬運糧草。忽然有十餘次飛馬報到，說司馬懿引大軍十五萬望西城蜂擁而來！這時諸葛亮身邊別無大將，只有一班文官，所引五千兵，已分一半先運糧草去了，只剩兩千五百名軍士在城中。眾官聽見這個消息，盡皆失色。

諸葛亮登城望之，果然塵土沖天，魏兵分兩路望西城縣殺來。諸葛亮傳令，教將旌旗盡皆隱匿，諸軍各守城鋪，如有妄行出入及大聲喧譁者，斬之！又大開四門，每一門用二十軍士，扮作百姓，灑掃街道。

諸葛亮乃披鶴氅，戴綸巾，引二小童攜琴一張，於城
上敵樓前憑欄而坐，焚香操琴。

卻說司馬懿前軍哨到城下，見了如此模樣，皆不敢
進，急忙向司馬懿報告。

情況不對啊？
都不把守了？

司馬懿笑而不信，他止住三軍，自飛馬遠遠望之，果
然見諸葛亮坐於城樓之上，笑容可掬，焚香操琴。左
有一童子，手捧寶劍；右有一童子，手執塵尾。城門
內外，有二十餘百姓低頭灑掃，傍若無人。

這個時候他表演才藝幹嘛？
這裡面一定有鬼！

司馬懿看畢大疑，便移動到中軍，教後軍作前軍，前軍作後軍，望北山路而退。

莫非諸葛亮無軍，故作此態？

諸葛亮平生謹慎，今大開城門，必有埋伏。我兵若進，就中計了。趕緊馬不停蹄地跑！

諸葛亮見魏軍遠去，撫掌而笑。眾官無不駭然。諸葛亮下令，教西城百姓隨軍入漢中，他料定司馬懿必將復來。

司馬懿乃魏之名將，今統十五萬精兵到此，但見了丞相便退去，這是為什麼？

智商高低，你們一看就知道了。司馬懿被我給嚇回去了！

還是丞相厲害！

卻說司馬懿往武功山小路而走。忽然山坡後喊殺連天，鼓聲震地。只見大路上一軍殺來，旗上大書「右護衛使虎冀將軍張苞」。魏兵皆棄甲拋戈而走。行不到一程，山谷中喊聲震地，鼓角喧天，前面一杆大旗，上書「左護衛使龍驤將軍關興」。山谷應聲，不知蜀兵多少，更兼魏軍心疑，不敢久停，只得盡棄輜重而去。關興、張苞兩人皆遵將令，不敢追襲，只取了大量軍器糧草而歸。司馬懿見山谷中皆有蜀兵，不敢出大路，遂回街亭。

爹，別跑了！

傻啊，我們要是跑晚了，非得被諸葛亮弄死。

此時曹真聽知諸葛亮退兵，急引兵追趕。山背後一聲炮響，蜀兵漫山遍野而來，爲大將姜維、馬岱。曹真大驚，急退軍時，先鋒陳造已被馬岱所斬。

蜀漢

蜀兵連夜皆奔回漢中。卻說趙雲、鄧芝伏兵於箕谷道中，魏將郭淮提兵再回箕谷道中，喚先鋒蘇顒，吩咐他說，蜀將趙雲英勇無敵，一定要小心提防他。

狂妄的蘇顒引前部三千兵奔入箕谷，他趕上蜀兵，只見山坡後閃出紅旗白字，上書趙雲。趙雲大喝一聲，衝過來一槍刺死蘇顒。蘇顒手下的兵將還等著蘇顒活擒趙雲，誰知道他不到一個回合就被趙雲殺了，大家立刻嚇得四散潰逃。

趙雲率軍前進，背後又一軍到，是郭淮部將萬政。趙雲見魏兵追急，乃勒馬挺槍，立於路口，待來將交鋒。蜀兵已去三十餘里。萬政認出是趙雲，不敢前進，趙雲等得天色黃昏，方才撥回馬緩緩而進。

能打得過他嗎？

難道在這站著乾等？

饒你性命回去！快教郭淮趕來！

郭淮領兵趕到，萬政說趙雲英勇如舊，因此不敢近前。郭淮不信，傳令趕緊去追趙雲，於是萬政令數百騎壯士趕去。行至一大林，忽然聽見背後大喝一聲曰：「趙子龍在此！」驚得魏兵落馬者百餘人，餘者皆越嶺而去。萬政勉強來敵，被趙雲一箭射中盔纓，驚跌於澗中。

好，我本來也不想追。

趙雲護送車仗人馬望漢中而去，沿途並無遺失。蜀兵
全都回漢中去了。

司馬懿引一軍復到西城，因問遺下居民及山僻隱者，
皆言諸葛亮只有二千五百軍在城中，又無武將，只有
幾個文官，別無埋伏。司馬懿悔之不及。

再說諸葛亮喚王平入帳，責備王平不勸阻馬謖屯兵在山上。王平一肚子委屈，把前後經過說了，各部將也都幫王平作證，諸葛亮覺得自己冤枉王平了。

我知道了。叫馬謖進來！

我苦勸他多次，他一直拿著兵書跟我辯。

馬謖把自己綁了去見諸葛亮。諸葛亮氣壞了，訓斥道：「你自幼飽讀兵書，熟諳戰法。你請戰之時，我掐著你耳朵囑咐再三。街亭是根本，你以全家之命，領此重任。你要是早聽王平的話，哪有今天的悲劇？」

今敗軍折將，失地陷城，都是你的過錯！若不明正軍律，何以服眾？

我這是自找的啊。

參軍蔣琬自成都回來，見武士欲斬馬謖，大驚，想幫馬謖求情。諸葛亮哭著不聽勸，還是斬了馬謖。

你死之後，你的家小我會按月給與祿糧，你不必掛心。

諸葛亮大哭不已。回想起先帝劉備在白帝城臨危之時，曾囑咐他說馬謖言過其實，不可大用，他就是沒聽啊。馬謖亡年三十九歲，時建興六年夏五月。

馬謖言過其實，不可大用。

拭淚猶思先帝明。
轅門斬首嚴軍法，
堪嗟馬謖枉談兵。
失守街亭罪不輕，

諸葛亮真的用過空城計嗎？

　　空城計是《三國演義》中的經典片段。在京劇、豫劇等民間各個地方劇中，都將失街亭、空城計、斬馬謖等故事改編成戲曲，合稱「失空斬」，久唱不衰。那歷史上真的有空城計嗎？其實，諸葛亮的空城計是有歷史根據的。

　　在晉代，人們對諸葛亮的評價沒有那麼高，有人說他不識時務，不自量力。此時有一位名叫郭沖的人，他是諸葛亮的鐵桿粉絲，向世人公布了關於諸葛亮五段鮮為人知的事蹟，其中一個故事就是空城計。裴松之在為《三國志》作注時，就引注郭沖所說的《條亮五事》，從此空城計開始廣為流傳，羅貫中則是依照這些史料在《三國演義》裡創作了空城計的情節。

　　郭沖的《條亮五事》雖然被載入史料，但其可信度並不高，《三國史》《後漢書》等正史均不採納。裴松之在作注時，也從這五個故事挑出了很多漏洞，比如時間、地理、人物的不相符。所以，我們只能將諸葛亮的空城計當做小說、演義、傳奇來看待。

歷史是個謎，都當故事聽。

我覺得這五個故事漏洞百出，不足為信。

我是鐵桿亮粉，我的偶像很厲害，我說給你聽。

關於諸葛亮是否用過空城計目前還存在疑點，但不代表歷史上就沒有空城計，比如趙雲就用過「空營計」。根據《三國志》引注《雲別傳》記載，在漢中之戰時，曹操重兵包圍蜀軍大營，在敵眾我寡的情況下，趙雲沒有膽怯，而是下令打開營門，偃旗息鼓，自己單槍匹馬站在營外。最終曹軍害怕有伏兵，於是撤退。劉備得知情況後，誇讚趙雲「子龍一身都是膽」。

　　其實《雲別傳》也不算正史，所以歷史上趙雲是否用過「空營計」，也值得探討。無論是諸葛亮的「空城計」還是趙雲的「空營計」，其本質都是以虛擊實的心理戰智慧。不管故事是真是假，這種智慧都值得我們思考學習。

見面之後有了默契，我絕對不會進去。

我家大門常打開，開放懷抱等你。

五子良將

熟悉三國故事的小朋友，都知道劉備帳下有五員大將，分別是關羽、張飛、趙雲、馬超、黃忠，這五個人勇猛非常，跟隨劉備出生入死，民間尊稱他們為五虎上將。其實曹操身邊也有五員大員，稱為「五子良將」，分別是前將軍張遼、右將軍樂進、安遠將軍于禁、征西車騎將軍張郃以及右將軍徐晃。

五子良將 VS 五虎上將

我們最勇猛！

我們最厲害！

張遼最早跟隨呂布，呂布死後他又投降曹操。張遼人生戰績的巔峰，是在逍遙津之戰中率領八百將士衝擊東吳十萬大軍，令東吳軍隊披靡潰敗、聞風喪膽，更差點活捉敵帥孫權。

樂進是最早跟隨曹操的名將，他雖然身材短小，但以驍勇聞名。每次戰役都衝在最前面，先登陷陣。在曹操攻呂布、擊劉備、滅袁氏的戰役，我們都能看到樂進的身影。

于禁在曹操起家之初就跟隨曹操。有一次，曹操部下的青州兵不守紀律，于禁為了維護軍紀，下令懲治青州兵，曹操知道這件事後，非但沒有責怪他，還誇讚于禁。

張郃原先跟隨袁紹，在官渡之戰時期投降曹操。張郃用兵以巧變聞名，根據地形隨機應變，更改陣型。後期他抵禦蜀軍北伐，是曹魏的西北屏障。

徐晃在曹操遷都許昌之時，投奔曹操。徐晃勇猛無比，治軍嚴格。他一生的巔峰之戰，是在樊城擊退關羽，解除了曹操遷都的風險。

五子良將各有所長，張遼善於奔襲，樂進善於先登，于禁善於治軍，張郃善於巧變，徐晃善於長驅，《三國志》裡將張遼、樂進、于禁、張郃、徐晃列為一傳。陳壽評價：「太祖建茲武功，而時之良將，五子為先」。由此可見這五人的地位，民間因此稱他們為五子良將。

五子良將，各有所長！

三國志

太祖建茲武功，而時之良將，五子為先。

三國成語詩詞

經五丈原

鐵馬雲雕久絕塵，柳營高壓漢宮春。
天清殺氣屯關右，夜半妖星照渭濱。
下國臥龍空寤主，中原得鹿不由人。
象床寶帳無言語，從此譙周是老臣。　〔唐〕溫庭筠

　　這首〈經五丈原〉是唐代詩人溫庭筠路過五丈原舊營廢址時，為懷念諸葛亮而創作的一首懷古詠史詩。開頭兩句描寫了諸葛亮率軍出祁山時的雄壯氣勢，讚美諸葛亮的智慧與才能。頷聯「下國臥龍空寤主，中原得鹿不由人」是全詩的名句，感嘆連諸葛亮這樣的人才也無法完成理想，只能謀事在人，成事在天。最後用三國故事中後主劉禪的昏庸和譙周的卑劣，再次襯托出諸葛亮人格的偉大。

無需哀嘆，努力過就不後悔。

身不由己呀。

真是我的知己。

第 4 章

又出初山

武侯再上表

卻說蜀漢建興六年秋九月，魏都督曹休被東吳陸遜大破於石亭，車仗馬匹，軍資器械大部分都被搶去了。曹休氣憂成病，內心憋屈而死。

都督！

司馬懿引兵回來，眾將接入。大家都很納悶，曹休兵敗，司馬懿為什麼急著回師？

諸葛亮看我們兵敗，肯定乘虛來取長安。這邊要是戰事緊張，誰來救援？所以我就趕緊撤回來了。

啊，哪有這種事？

卻說東吳派使者給西蜀送信，請兵伐魏，並言大破曹休之事。後主劉禪大喜，令人持書至漢中，報知諸葛亮。

這個時候諸葛亮經過養精蓄銳，兵強馬壯，糧草豐足，所用之物一切完備，正要出師。聽知此信，立即設宴大會諸將，計議出師。忽然一陣大風自東北角上而起，把庭前松樹吹折，大家都大吃一驚。諸葛亮凝神一算，說這陣風說明陛下會折損一員大將。眾人聽了都不相信他的話。

正飲酒間，忽然有人報說鎮南將軍趙雲長子趙統及次子趙廣來見丞相。諸葛亮大驚，馬上把杯子扔了，趕緊打聽發生了什麼事情？兩人拜哭說昨夜三更趙雲病重而死。

子龍身故，國家損一棟梁，我丟掉一臂啊！

丞相的預感真靈驗。

諸葛亮令兩人入成都面君報喪。後主劉禪聞趙雲死訊，放聲大哭。當年劉禪年幼，如果不是趙雲相救，他早已死在亂軍當中。劉禪下詔追贈大將軍，諡封順平侯，敕葬於成都錦屏山之東，建立廟堂，四時享祭。

常山有虎將，智勇匹關張。
漢水功勳在，當陽姓字彰。
兩番扶幼主，一念答先皇。
青史書忠烈，應流百世芳。

後主劉禪正悲傷的時候，丞相諸葛亮決定出師伐魏。劉禪趕緊詢問滿朝文武官員的意見，大家都說不要輕舉妄動，劉禪也猶豫了。諸葛亮叫楊儀送來〈出師表〉，劉禪在御案上拆看。

〈出師表〉內容寫道，儘管後主劉禪昏庸無志，諸葛亮依然竭忠盡智地輔佐他；儘管劉備有「如其不才，君可自取」的遺詔，諸葛亮也不存半點異心。這是諸葛亮出師北伐的精神力量來源，也是他後半生所有行動的精神力量泉源。

先帝考慮到蜀漢和曹賊是不能同時存在的，復興王業不能偏安一方，所以他才把征討曹賊的大事託付給我……

我接受遺命以後，每天睡不安穩，飯吃不香。想到為了征伐北方的敵人，應該先去南方平定各郡，所以我五月領兵渡過金沙江，深入到連草木五穀都不生長的地區（南蠻）作戰，兩天才吃得下一天的飯。不是我自己不愛惜自己……

後主劉禪立刻命令諸葛亮出師。諸葛亮受命，起三十萬精兵，令魏延總督前部先鋒，徑奔陳倉道口而來。

早有探馬報入洛陽。司馬懿奏知魏主曹睿，大會文武
官員商議，當即決定封曹真為大都督，引十五萬精
兵，會合郭淮、張郃，分道守把隘口。

我最近得到一個大將，
使六十斤大刀，騎千里征馬宛馬，開
兩石鐵胎弓，暗藏三個流星錘，百發百
中。他是隴西狄道人，姓王，名雙，
字子全。臣保此人為先鋒。

臣謝過了！

太好了！
賜錦袍金甲，封
為虎威將軍、前
部大先鋒！

王雙

卻說蜀兵前隊到了陳倉，回報諸葛亮說陳倉口已築起
一城，內有大將郝昭把守，深溝高壘，遍排鹿角，十
分謹嚴。不如棄了此城，從太白嶺鳥道出祁山。諸葛
亮提出不同看法，說陳倉正北是街亭，必得此城，方
可進兵。他命魏延引兵到城下，四面攻打。魏延久攻
不下，來向諸葛亮彙報說此城難打。諸葛亮大怒，欲
斬魏延。此時，部降曲靳祥說話了。

你再敢說打不下來，
我就斬了你！

我願意去陳倉勸降。
我跟郝昭是朋友，小時候辦
家家酒他都聽我的。

曲靳祥

曲靪祥騎馬趕到城下，城上人報知郝昭。郝昭下令開門放入，兩個人登城相見。

你怎麼來了？

我現在在西蜀諸葛亮帳下參贊軍機，待遇很不錯。

諸葛亮乃我國仇敵！我跟著魏國，你跟著蜀國，我們各事其主，小時候是朋友，現在是仇敵。

你怎麼這麼絕情？小時候都是我護著你。

魏國法度，你也不是不知道。我受國恩，不能背叛。你趕緊回去告訴諸葛亮，我不怕他！

曲靪祥回來跟諸葛亮說了事情的經過。諸葛亮勸導他說，你得再回去更耐心仔細地工作，跟他好好聊聊。曲靪祥又到城下，請郝昭相見。郝昭上了城樓，看曲靪祥又來勸降，他大怒，拈弓搭箭對準曲靪祥。

賢弟，你據守一座孤城，抵擋不住我們十萬大軍。你再不聽勸，後悔藥沒地方可買啊！

賣藥的，你要是再囉唆，一箭射死你！

曲靳祥回來見諸葛亮，說郝昭差點射死自己。諸葛亮
大怒，下令攻城。

小小彈丸之城，
還能抵擋住我們？
給我攻！

於是蜀軍中起百乘雲梯，一乘上可立十數人，周圍用
木板遮護。郝昭在城樓上，望見蜀兵裝起雲梯，四面
而來，即令三千軍各執火箭，分布四面；待雲梯近城
就一齊發射。諸葛亮以為城中沒有準備，故大造雲
梯，令三軍鼓噪吶喊而進。沒想到城上火箭齊發，雲
梯全著火了，梯上軍士多被燒死，城上矢石如雨，蜀
兵敗退。

諸葛亮大怒，你燒雲梯，我就用衝車之法！於是他連夜安排好衝車。次日，又四面擂鼓吶喊而進。郝昭急命運石鑿眼，用葛繩穿定飛打，衝車皆被打折。

諸葛亮又令人運土塡城壕，教廖化引三千鍬钁軍在夜間掘地道，暗入城去。郝昭又於城中掘重壕橫截之。如此晝夜相攻二十餘日，無計可破。

必須打進來！

諸葛亮正在營中憂悶，忽然有人報說魏兵東邊救兵到了，軍旗上書：魏先鋒大將王雙。諸葛亮問誰可迎敵？裨將謝雄應聲而出。諸葛亮讓他領三千軍前往。但諸葛亮不放心，又問還有誰敢去？裨將龔起應聲，諸葛亮也給了他三千兵去戰。諸葛亮恐城內郝昭引兵衝出，命人馬退二十里下寨。

卻說謝雄引軍前行正好遇到王雙，戰不到三回合，被王雙一刀劈死。蜀兵敗走，王雙隨後趕來，龔起接著迎戰，只交馬三回合，也被王雙所斬。

哈，誰還敢來送死！

敗兵向諸葛亮回報，諸葛亮大驚，忙令廖化、王平、
張嶷三人出迎。兩陣對圓，張嶷出馬，王平、廖化壓
住陣角。王雙縱馬來與張嶷交馬，數回合不分勝負。
王雙詐敗便走，張嶷隨後趕去。

王平見張嶷中計，急忙大聲提醒，張嶷慌忙回馬時，
王雙的流星錘早一步揮來，正中其背。張嶷伏鞍而
走，王雙回馬趕來，王平、廖化截住王雙，救張嶷
回陣。王雙驅兵大殺一陣，蜀兵折傷甚多。

張嶷吐血數口，回見諸葛亮，諸葛亮見已折了二將，張嶷又被打傷，立刻喚姜維商議對策。姜維如此這般一說，諸葛亮點頭，命令王平和李恢引兵守街亭小路，令魏延引一軍守陳倉口。馬岱爲先鋒，關興、張苞爲前後救應使，從小徑出斜谷往祁山進發。

陳倉城池堅固，郝昭守禦甚密，又得王雙相助，實不可取。不若令一大將，依山傍水，下寨固守，再令良將守把要道，以防街亭之攻，統大軍去襲祁山，可捉曹真。

妙計！

卻說曹真想到前番被司馬懿奪了功勞，因此到洛陽分調郭淮、孫禮東西把守，又聽陳倉告急，已令王雙去救。他聞知王雙斬將立功後大喜，令中護軍大將費耀爲前部總督，諸將各自守把隘口。此時有人報說在山谷中捉得奸細。

把奸細帶上來。

姜維詐獻書

曹真叫人把奸細押解進來。奸細跪在帳前，說自己是姜維心腹之人，來送密信。曹真一聽精神都來了。奸細把書信取出來交給曹真，他拆開密信閱讀。

> 罪將姜維願意裡應外合，等都督率兵前來，如遇敵人，可以詐敗，我當在後，以舉火為號，先燒蜀人糧草……

曹真看畢後大喜。他重賞來人，便令回報，依期會合。接著，他喚費耀來商議。

費耀

> 都督不可親自去，只要守定本寨。我願引一軍接應姜維，如成功功勞歸都督；倘有奸計，我就頂住！

> 好人啊！

曹真令費耀引五萬兵，往斜谷而進。行了兩三程，屯下軍馬，令人哨探。斜谷道中有蜀兵走來，費耀急忙催兵前進，蜀兵未及交戰先退。費耀引兵追擊，蜀兵又來。方欲對陣，蜀兵又退。

> 這些無名鼠輩，根本不敢跟我們交手。

魏軍一日一夜不曾敢歇，只恐蜀兵攻擊。方欲屯軍造飯，忽然四面喊聲大震，鼓角齊鳴，蜀兵漫山遍野而來。

> 哪來這麼多蜀兵？

門旗開處，閃出一輛四輪車，諸葛亮端坐其中，令人請魏軍主將答話。費耀縱馬而出，遙見諸葛亮，心中暗喜。

叫曹真來答話！

曹都督乃金枝玉葉，怎麼能跟反賊相見！

諸葛亮大怒，把羽扇一招，左有馬岱，右有張嶷，兩路兵衝出，魏兵便退。行不到三十里，望見蜀兵背後火起，喊聲不絕，於是費耀回身殺來。蜀兵齊退，費耀提刀在前，山路中鼓角喧天、喊聲震地，兩軍殺出，左有關興，右有張苞。山上矢石如雨，往下射來。費耀知是中計，急退軍往山谷中而走，魏兵人馬困乏。背後關興引生力軍趕來，魏兵自相踐踏及落澗身死者不知其數。

糟了！姜維怎麼沒來啊？

費耀逃命而走，正遇山坡口一彪軍，乃是姜維。

我本來想擒曹真，你自己送上門來，怪不得我。

姜維，你這缺德鬼，我不幸中了你的奸計。

忽見谷口火光沖天，背後追兵又至。費耀一看沒有希望逃出去了，拔劍自刎身死，餘兵盡降。

都督永別了！

諸葛亮連夜驅兵，直出祁山前下寨，收住軍馬，重賞姜維。

唉，我本來是騙曹真的。

可惜大計小用了。

卻說曹真聽知折了費耀，悔之不及，與郭淮商議退兵之策。魏將孫禮、辛毗連夜奏表魏主，說蜀兵又出祁山，曹真損兵折將，勢甚危急。曹睿大驚，即召司馬懿入內商議。司馬懿奏說，臣料到諸葛亮必出陳倉，故以郝昭守之，果然如此。今幸有郝昭、王雙把守，蜀兵不敢從此路運糧。其餘小道，搬運艱難。臣算蜀兵的糧食只夠吃一個月，他們肯定急著要戰，我軍只宜久守。陛下可降詔，令曹真堅守諸路關隘不要出戰。不用一個月，蜀兵自走。那時乘虛而擊之，諸葛亮可擒也。

臣自有辦法。

諸葛亮快殺到我們鼻子底下了，愛卿有什麼對策退兵？

妙算勝孫寵

卻說曹真正升帳議事，有人報說天子派使者到。受詔已畢，曹真與郭淮、孫禮商議。郭淮繼續出主意，說可以派遣孫禮去祁山裝做運糧兵，車上盡裝乾柴茅草，以硫黃焰硝灌之，然後教人虛報隴西運糧到。若蜀人無糧，必然來搶。等他們進入其中就放火燒車，外以伏兵接應。

此計妙啊！

密令王雙引兵於小路巡哨，他們不敢運糧。等他們糧盡兵退，乘勢追擊，可獲全勝。

卻說諸葛亮在祁山寨中，每日去魏營挑戰，但魏兵堅守不出。諸葛亮一聽就笑了，說這是魏將料定我們沒有糧食，故用此計，車上裝的必定是茅草等引火之物。我平生專用火攻，他們這是以彼之道還施彼身。我們配合他們，去劫糧車，將計就計而行。

全力配合他們把戲演好。

剛才有人報，隴西魏軍運糧數千車於祁山之西，運糧官乃孫禮。

諸葛亮叫馬岱引三千軍前往魏兵屯糧之所，不可入營，但於上風處放火。若燒著車仗，魏兵必來圍寨。他又差馬忠、張嶷各引五千兵圍住周邊，內外夾攻。三人受計去了。接著他又吩咐關興、張苞，說魏兵頭營接連四通之路，今晚若西山火起，魏兵必來劫營，你們伏於魏寨左右，等魏兵一出寨，便可劫之。諸葛亮又喚吳班、吳懿，吩咐他們各引一軍伏於營外。若魏兵到，可截其歸路。諸葛亮分撥已畢，自己在祁山上憑高而坐。

魏兵探知蜀兵要來劫糧，慌忙報與孫禮。孫禮令人飛
報曹真。

看今夜山西火起，蜀兵必來救應。可以出軍，如此如此。

卻說孫禮把軍伏於山西，等待蜀兵到來。是夜二更，
馬岱引三千蜀兵前來，見許多車仗重重疊疊，車仗虛
插旌旗。正值西南風起，馬岱令軍士徑去營南放火，
車仗全都燒了起來，火光沖天。孫禮以爲蜀兵到魏寨
內放號火，急忙引兵一齊衝殺過來，沒想到背後鼓角
喧天，兩路兵殺來，乃是馬忠、張嶷，蜀軍把魏軍圍
在垓心。

情況不對啊！

孫禮大驚。又聽魏軍中喊聲起，一彪軍從火光邊殺來，乃是馬岱。

內外夾攻，魏兵大敗。火緊風急，人馬亂竄，死者無數。孫禮引軍突破煙霧，冒火逃跑。

卻說魏將張虎在營中望見火光，於是大開寨門奔蜀寨殺來，寨中卻不見一人。急收軍回時，吳班、吳懿兩路兵殺出，斷其歸路。張虎、樂綝兩名魏將急忙衝出重圍奔回本寨，只見土城之上箭如飛蝗，原來他們被關興、張苞襲擊營寨。魏兵大敗，皆投曹真寨來。方欲入寨，只見一彪敗軍飛奔而來，乃是孫禮，於是他們一起入寨見曹真，各自說明中計之事。曹真謹守大寨，更不出戰。

這諸葛亮太狡猾了，不能出去交手。

蜀兵得勝，回見諸葛亮。諸葛亮令人密授計於魏延，一面教拔寨齊起。

我們大勝，挫盡魏兵銳氣，何故反欲收軍？

我們沒糧食，只能速戰。他們雖然暫時兵敗，回到中原補給，再以輕騎襲擊我們糧道，那時要走都走不了啊！今乘魏兵新敗，不敢正視蜀兵，便可出其不意，乘機退去。

諸葛亮所憂者是魏延一軍，魏延的軍馬在陳倉道口拒住王雙不能脫身，諸葛亮已令人授以密計斬殺王雙，使魏人不敢來追。當夜，諸葛亮只留金鼓守在寨中打更。一夜兵已盡退，只留下空營。

卻說曹真正在寨中憂悶，有人報說左將軍張郃領軍到。張郃下馬入帳，轉達司馬懿的意思：「我們要是勝利，蜀兵就逃不了。但我們要是敗了，蜀兵一定會趁機逃走。」曹真一聽心想，這是什麼邏輯啊？趕緊派人去打探蜀兵情況。到了蜀兵兵營，果然人去寨空，曹真後悔莫及。

哎呀，我這腦子怎麼就轉不過來呢？被諸葛亮給跑了！

且說魏延受了密計，當夜二更拔寨，急回漢中。早有人報知王雙。王雙大驅軍馬，並力追趕。追到二十餘里終於趕上魏延的軍馬，只見魏延旗號在前。

魏延休走！
把命留下！

背後魏兵大喊，說城外寨中火起，恐中敵人奸計。王雙急勒馬回時，只見一片火光沖天，慌忙下令退軍。行到山坡左側，忽然有一騎馬從林中驟出，正是魏延。王雙措手不及，被魏延一刀砍於馬下。

魏延不走！
取你狗命！

魏延斬了王雙，引兵回到漢中見諸葛亮，交割人馬。
諸葛亮設宴慶祝。

三國時期著名的名門望族

　　漢末三國時期特別注重門第，擁有一個好的門第，對自己積累人脈、仕途晉升都有很大的幫助，於是就產生了名門望族。比如曹操的首席謀士荀彧ˋ、荀攸，就出自潁川荀氏。還有曹魏重臣、「九品中正制」的創始人陳群，就是出自潁川陳氏。

　　東漢末年的北方第一霸主袁紹也是名門出身，袁紹出身汝南袁氏，家族世代為官，權傾天下，他的父親袁逢官拜司空，叔父袁隗官拜司徒。當時人稱袁家「四世三公」，就是說汝南袁氏家族，四代之中都做到了三公*的官職。家族勢力給了袁紹起家的資本，因此他才能在漢末諸侯當中率先脫穎而出。

家大業大，啥都不怕。

荀彧

有錢有房，趾高氣揚。

陳群

四世三公，大步前衝。

袁紹

---

* 三公：指古代臣子中位階最高的三個官位，漢末「三公」分別是太尉、司徒、司空。

〈後出師表〉是諸葛亮寫的嗎？

前後〈出師表〉是諸葛亮所作的兩篇著名政論文，唐代大詩人白居易在讀完前後〈出師表〉後，作詩：「前後出師遺表在，令人一覽淚沾襟。」由此可見〈出師表〉對後世的影響力。〈前出師表〉是諸葛亮所作，這點沒有爭議。但〈後出師表〉是否出自諸葛亮之手，這點還有待探討。

首先，不管是正史《三國志》或陳壽所編的《諸葛亮集》，都未收錄〈後出師表〉這篇文章。其次，〈後出師表〉的文風語氣和〈前出師表〉相比，不像是出自同一人之手。〈前出師表〉雄心萬丈，〈後出師表〉卻顯得委婉低沉。最後，〈後出師表〉中許多記載與正史《三國志》不相符，比如趙雲的死亡年分等。

當然，這些例子也不足以證明〈後出師表〉就是偽作，因為歷史本來就是迷霧重重。〈後出師表〉中有句名言：「鞠躬盡瘁，死而後已。」不管這篇文章是否是諸葛亮所作，這八個字都是諸葛亮一生最好的寫照。

丞相，為什麼把我的死亡日期都搞錯了？

也許是史官記錯了吧！

前後〈出師表〉的文風不一樣呀。

我能柔能剛。

羽扇綸巾

羽扇綸巾

諸葛亮在大眾心中的經典形象是手拿鵝毛扇、頭戴諸葛巾，但宋代蘇軾〈念奴嬌〉中卻寫到「遙想公瑾當年，小喬初嫁了，雄姿英發。羽扇綸巾，談笑間，檣櫓灰飛煙滅。」這裡的「公瑾」指的是三國時期的周瑜。因此有人說「羽扇綸巾」是周瑜的裝扮，不是諸葛亮的服裝。歷史真是如此嗎？

羽扇綸巾是我的服裝。

你又沒申請專利。

蘇軾是北宋人，其實早在宋朝之前，「羽扇綸巾」就成了諸葛亮的象徵。東晉裴啟所著《語林》寫道「諸葛武侯與宣王在渭濱，宣王戎服蒞事；使人觀武侯，乘素輿，著葛巾，持白羽扇，指麾三軍。」這段史料講的是司馬懿眼中諸葛亮持白羽指揮三軍的形象。

另外還有唐人筆記的記載，唐玄宗往蜀中逃難時，隨身有官員穿戴「羽扇綸巾」的裝扮，路旁百姓見之，皆驚呼：「此諸葛武侯服也。」由此可見，在唐朝百姓心中，「羽扇綸巾」已經成了諸葛亮的代表。相反地，沒有任何史料中記載周瑜曾有過這樣的裝扮，可知諸葛亮的「羽扇綸巾」絕非《三國演義》杜撰，而是有史可依。

　　這並不是說「羽扇綸巾」只能由諸葛來穿，周瑜就沒穿過。「羽扇綸巾」是魏晉名士的普遍裝扮，類似現代白領們穿的「西裝革履」，並不是某人的專屬服裝。著名的魏將羊祜、南梁將領韋睿也有穿「羽扇綸巾」指揮戰爭的記載。只是因為諸葛亮的穿戴最為出名，使他成為這套服裝的代表人物，故後人稱此為「武侯服」或「諸葛巾」。

　　至於蘇軾〈念奴嬌〉中的「羽扇綸巾」到底是指周瑜還是諸葛亮？這點很難下定論。〈念奴嬌〉是一首詩詞，既然是詩就不能完全以具象化分析，也需要意象化理解。要是刻意咬文嚼字，就失去了讀詩的意義，也失去讀史的目的。

 羽扇綸巾寫的是周瑜。

 我就那麼隨筆一寫，讀詩不要咬文嚼字。

 羽扇綸巾寫的是諸葛亮。

蜀相

> 丞相祠堂何處尋，錦官城外柏森森。
> 映階碧草自春色，隔葉黃鸝空好音。
> 三顧頻煩天下計，兩朝開濟老臣心。
> 出師未捷身先死，長使英雄淚滿襟。　　〔唐〕杜甫

　　在古今所有詠嘆諸葛亮的詩詞當中，杜甫的這首〈蜀相〉最出名，也是最出色的一首。諸葛亮去世後，人們在成都給他建立起祠堂。首聯「丞相祠堂何處尋？錦官城外柏森森。」一問一答，以生動形象把讀者引領到三國世界。第三聯「三顧頻煩天下計，兩朝開濟老臣心。」完整總結諸葛亮的一生，刻畫出一位文韜武略、忠心耿耿的賢相形象。

　　尾聯「出師未捷身先死，長使英雄淚滿襟。」是傳頌千古的名句，代表詩人對諸葛亮壯志未酬的惋惜。宋代抗金名將宗澤在臨去世之前，更是悲情吟誦此句。千百年來，這首詩所營造出的理想之美與悲劇之美，深深打動著每一位讀者。

諸葛亮是我們共同的偶像，你一定會做得更好。

宗帥放心去吧！我會秉承你的遺志繼續前行。

出師未捷身先死，長使英雄淚滿襟。

第 5 章

司馬鬥諸葛

大破魏兵

蜀漢建興七年夏四月，諸葛亮屯兵在祁山，分作三寨，等著跟魏兵交戰。卻說司馬懿引兵到長安，令張郃爲先鋒，戴陵爲副將，引十萬兵馬於渭水之南下寨。郭淮、孫禮入寨參見。

蜀兵千里奔襲，一定會速戰速決，現在他們不出戰，一定是有陰謀。

不管他們陰謀還是陽謀，都是白謀。

陝西各路，是什麼情況啊？

啊，只有武都和陰平二郡沒有消息。

完啦！你們趕緊從小路去解救二郡。

兩人半信半疑地接受命令，從隴西小路來救武都、陰平。郭淮跟孫禮討論起司馬懿和諸葛亮相比哪個厲害？孫禮含笑回答，還是諸葛亮的計謀多。此時有人來報。

你看，還是諸葛亮早一步吧！

那我們還去幹嘛啊？

報，二郡已失守。

兩人剛要傳令撤軍時，忽然一聲炮響，山後閃出軍馬來，旗上大書：「漢丞相諸葛亮」。只見中央一輛四輪車，諸葛亮端坐於上；左有關興，右有張苞。孫、郭二人見了大吃一驚。

司馬懿的計謀瞞不過我！你們倆趕緊投降。

我們快點跑吧！跑晚就來不及了。

想跑哪有那麼容易？兩人背後喊殺連天，王平、姜維引兵從後殺來，關興和張苞二將又引軍從前面殺來，兩下夾攻，魏兵大敗。郭淮跟孫禮棄馬爬山而走。

快點爬啊，他們追上來了。

對了，光腳丫子爬得快。

張苞看見他們在爬山，快馬揚鞭追趕，想不到山路崎嶇，於是他連人帶馬跌入澗內，後軍急忙救起，只見張苞頭已跌破。

司馬懿在家等著手下打敗諸葛亮的消息，結果看到郭淮和孫禮光著腳丫子狼狽不堪地回來。兩人說武都和陰平都丟了，還說諸葛亮埋伏在半路，把他們攆到山頭上去了。

司馬懿命令張郃、戴陵各領一萬精兵，今夜起身，抄在蜀兵營後。司馬懿引軍在前布陣，只待蜀兵亂套的時候，乘機兩軍並力奪取蜀寨。戴陵在左，張郃在右，深入蜀兵之後，三更時分來到大路，兩軍相遇，合兵一處，從蜀兵背後殺來。沒想到行不到三十里，前軍停了下來，兩人趕緊去查看究竟，只見數百輛草車橫截去路。

不會吧？

戴陵

什麼情況？
我們上當了吧？

張郃傳令退軍，只見滿山火光齊明，鼓角大震，伏兵四下皆出，把兩人圍住。只聽得祁山上有人大笑，兩人抬頭觀瞧，正是諸葛亮。

早點投降吧，我都算計
到司馬懿派你倆來了。

氣死我啦，
我要殺了你！

山上矢石如雨，張郃上不了山，於是他拍馬舞槍衝出
重圍，無人能夠攔住。

卻說司馬懿引兵布成陣勢，只待蜀兵亂套時率兵一齊
進攻。他正著急的時候，只見張郃、戴陵狼狽而歸。

且說諸葛亮大勝，所得器械、馬匹不計其數。諸葛亮引大軍回寨，每日令魏延挑戰，但是魏兵不出，雙方一連半個月不曾交兵。諸葛亮見司馬懿不出，心裡有了辦法。

收隊！

司馬懿聽說諸葛亮退兵了，不敢輕舉妄動。張郃快言快語，認為蜀兵沒有糧草，肯定是逃跑了。司馬懿不信，心想今年收成不錯，諸葛亮的糧草起碼能撐一陣子。第二天，探馬來報說諸葛亮起營又走了。司馬懿親自去查看，果然見蜀兵又退了三十里下寨。為了穩妥起見，張郃先去追趕蜀軍，司馬懿率領兵馬在後面接應。張郃、戴陵引副將數十員、精兵三萬，奮勇追擊。諸葛亮運籌帷幄，安排部署。

我是掐著耳根子囑咐啊，一定要小心。

放心吧！過了這個村就沒這個店了！

卻說張郃、戴陵領兵前來，驟如風雨。馬忠、張嶷、吳班等將出馬交鋒。張郃大怒，驅兵追殺。蜀兵且戰且走，魏兵追趕約有二十餘里，時值六月，十分炎熱，人馬汗如潑水。走到五十里外，魏兵盡皆氣喘。

諸葛亮在山上把紅旗一招，關興引兵殺出，馬忠等四將一齊引兵掩殺回來。張郃、戴陵死戰不退。忽然背後鼓角喧天，是司馬懿領著精兵趕到。

司馬懿指揮眾將把王平、張翼圍在垓心。姜維、廖化在山上探望，見魏兵勢大，蜀兵力危，漸漸抵擋不住，兩人趕緊拿出諸葛亮事先給的錦囊。

姜維等人看完後，馬上按照諸葛亮的計策出兵襲擊司馬懿大營。司馬懿大驚失色，趕緊撤退去保大營。他被蜀兵一番追殺，回到大營又發現姜維已經撤兵了。

卻說諸葛亮旗開得勝，軍馬入寨，又欲起兵進取。忽然，屬下報告有人自成都來，說張苞身死。諸葛亮放聲大哭，口中吐血，昏厥於地，被眾人救醒。

報，張苞將軍不治身亡！

諸葛亮自覺身體不適，心想這仗不能打了，只能先回去養病。但是不能走漏風聲，如果司馬懿知道情況一定會來攻擊，到時候就逃不掉了。於是諸葛亮吩咐當夜拔寨，悄悄撤退。蜀兵走了五天，司馬懿才發現。

我是真算計不過諸葛亮啊。

蜀漢

漢兵劫寨

不久，司馬懿再次領兵來取漢中。此時諸葛亮已經養好病了，每日操練人馬，學習八陣之法，盡皆精熟，欲取中原，聽得這個消息，心想你還敢來找事？於是，諸葛亮叫張嶷和王平去鎮守陳倉古道。

給你們一千兵馬去鎮守陳倉。

我沒聽錯吧？人家司馬懿是四十萬兵馬！

你們多辛苦點，給士兵伙食多加幾樣菜吧。

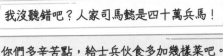

丞相，這不是伙食的問題啊！

這個月有大雨連天，魏兵四十萬也不敢都進入深山險惡之地，我心裡有數。

我們心裡沒數啊！

這諸葛亮真厲害，他的話比天氣預報還準。不到半個月呢，天雨大降，淋漓不止。陳倉城外，平地水深三尺，軍器盡濕，人被澆成了落湯雞，根本沒辦法休息。大雨連降三十日，馬無草料，死者無數，軍士怨聲不絕。

真好，伙食變高級了，還不用打伏了。

這一個月下來明顯增胖啊。

魏主曹睿只能遣使詔曹真跟司馬懿還朝。曹真和司馬懿想退軍，又怕諸葛亮隨後追殺。因此司馬懿安排兩路軍馬斷後埋伏，但諸葛亮早就預料到了。

司馬懿跑了，諸葛亮卻不追，眾將都很著急，紛紛來勸諸葛亮出兵。諸葛亮令魏延、張嶷、杜瓊、陳式出箕谷，馬岱、王平、張翼、馬忠出斜谷，然後在祁山匯合。調撥已定，諸葛亮親自率領大軍，令關興、廖化爲先鋒，隨後進發。

卻說曹真和司馬懿二人在後監督人馬，令一軍入陳倉古道探視，回報說蜀兵不來。又行旬日 *，後面埋伏眾將皆回，說蜀兵全無動靜。曹真和司馬懿兵分兩路，分別把守。

我們打賭，他要是真去取祁山，我把天子給我的玉帶和御馬都送給你。

好！我要是輸了，我面塗紅粉，身穿女衣，來營中伏罪。

* 旬日：十天。

卻說魏延、張嶷、陳式、杜瓊四將引二萬兵取箕谷而進，正行之間，有人報說參謀鄧芝到來。四將問其故，鄧芝說丞相有令，如出箕谷，要提防魏兵埋伏，不可輕進。

哈哈，丞相要是智商高，還會把街亭丟了？

我自有五千兵，出箕谷，先到祁山下寨看看丞相羞也不羞！

你們……

145

陳式引兵行不數里，忽然聽見一聲炮響，竟是中了埋伏。急退時，卻被魏兵如鐵桶一般包圍。忽聞喊聲大震，一彪軍殺入，乃是魏延救了陳式。回到谷中，陳式的五千兵只剩下四、五百帶傷人馬。

鄧芝回報，諸葛亮氣得無話可說。不一會兒探馬又來報，說陳式不聽勸阻導致大敗而回。諸葛亮眉頭緊皺，安排一番。

卻說曹真心中壓根不信蜀兵會來，只想等待十日無事
好羞辱司馬懿，不覺守了七日，突然有人報說谷中有
些許蜀兵出來。曹真令副將秦良引五千兵哨探，不許
蜀兵接近。秦良領命，引兵行到五、六十里，結果中
計被廖化斬於馬下。

諸葛亮叫人扒了投降士兵的衣服，給蜀兵穿上，又令
關興、廖化、吳班等四將引著，徑奔曹真寨來。結果
曹真沒有防備，被襲了營寨，眾將保護曹真往東逃
竄，背後蜀兵趕來。

怎麼這麼多蜀兵啊？

幸虧司馬懿及時趕到，救下曹真。曹真氣得病倒臥床不起。

你是來要玉帶跟御馬的嗎？

別說打賭的事了，我們還是同心報國吧！

卻說諸葛亮大獲全勝。魏延、陳式、杜瓊、張嶷入帳拜伏請罪。諸葛亮為了嚴明軍紀，怒斬陳式。

魏延叫我做的，你怎麼不殺他？

他叫你吃屎你也吃嗎？推出去斬！

諸葛亮正想再次進兵，聽說曹真臥病不起，正在營中治療，內心大喜，決定趁曹真生病先把他幹掉。諸葛亮寫了一封書信給曹真，命人把抓來的魏兵送回去。

魏軍領了書信，奔回本寨，將諸葛亮的書信交給曹真。曹真看完信，氣得恨氣填胸，一口氣沒上來，就這樣氣死在軍中。司馬懿用兵車裝載曹真遺體，差人送赴洛陽安葬。

❧ 司馬鬥諸葛 ❧

魏主曹睿聽說曹真被諸葛亮氣死了，立即下詔催促司馬懿出戰。司馬懿提大軍來與諸葛亮交鋒，隔日先下戰書。

看見沒，準吧？曹真這真的死了。

丞相你真是厲害啊！能不能把司馬懿也氣死啊？

次日，諸葛亮起祁山之兵前到渭濱，一邊是河，一邊是山，中央平川曠野，好片戰場！兩軍相迎，以弓箭射住陣角。三通鼓罷，魏陣中門旗開處，司馬懿出馬，眾將隨後而出。只見諸葛亮端坐於四輪車上，手搖羽扇。

蜀漢

司馬懿，你還活著啊？

少來這套，你氣不死我！

諸葛亮和司馬懿在陣前見面，兩人脣槍舌劍開始鬥嘴。司馬懿不是諸葛亮的對手，想當年諸葛亮可是舌戰群儒，說得司馬懿羞愧滿面。

司馬懿說不過諸葛亮，兩個人開始鬥法。司馬懿入中軍帳下，手執黃旗招颭，左右軍動，排成一陣，接著上馬出陣，他問諸葛亮認識這陣式嗎？

司馬懿喚戴陵、張虎、樂綝三將，令他們認識「休、生、傷、杜、景、死、驚、開」等陰陽術數中的八門，又囑咐三人可從正東生門打入，往西南休門殺出，再從正北開門殺入，此陣可破。於是戴陵在中，張虎在前，樂綝在後，各引三十騎從生門打入，兩軍吶喊相助。三人殺入蜀陣，只見陣如連城，衝突不出。三人慌忙引騎轉過陣角，往西南衝去，卻被蜀兵射住，衝突不出。陣中重重疊疊，都有門戶，哪裡分東西南北？三將亂撞，但見愁雲漠漠，慘霧濛濛。喊聲起處，魏軍一個個都被逮住了。

諸葛亮坐於帳中，命人將魏軍左右將士張虎等九十個人都綁了，把他們衣服脫光，用墨水塗面，步行出陣。圍觀的兵將們見此情景，忍不住哈哈大笑。

司馬懿大怒，魏軍遭如此挫敗銳氣，有何面目回見中原大臣？他立即指揮三軍奮死掠陣，自己則拔劍在手，引百餘驍將，催督衝殺。

沒想到諸葛亮早有準備，蜀兵四面殺到，司馬懿只好引三軍往南死命衝擊。魏兵十傷六七，司馬懿退在渭濱南岸下寨，堅守不出。

諸葛亮收得勝之兵，回到祁山時，永安城李嚴遣都尉
苟安解送糧米。苟安貪杯，因此耽誤路程，拖延了十
日。諸葛亮大怒，打了他八十大板。

貪杯最誤事，
叫他長點記性。

饒命啊！我只
喝了一點點啊！

苟安被打得皮開肉綻，心中懷恨，連夜引親隨五六騎
投奔司馬懿。司馬懿很高興地接見了苟安，苟安給司
馬懿出主意，說自己可以回成都散布流言，就說諸葛
亮要造反，叫後主劉禪召回諸葛亮。

放心吧，做醬我做不鹹，
做醋我非得給他做酸囉！
看我被諸葛亮打得屁股
都開花了。

你若把事情辦成，
重重有賞。

苟安回到成都開始造謠，說諸葛亮自倚大功，早晚必將篡國。宦官聞知大驚，即入內奏帝。後主劉禪害怕了，不顧大臣的勸說，下詔叫諸葛亮回來。

相父要是謀反，我就慘了。快把他叫回來！

諸葛亮接到詔書就知道劉禪這是聽信了謠言，只好退軍。為了防止司馬懿偷襲，諸葛亮下令這次退軍一定要瞞過他。姜維不解，詢問原因。

丞相這是為何？

可分五路而退。今日先退此營，假如營內一千兵，卻掘二千灶。

明日掘三千灶，後日掘四千灶，每日退軍，添灶而行。

諸葛亮告訴姜維，司馬懿善能用兵，知道我們兵退必然追趕，而他心中懷疑我們有伏兵，一定會數舊營內有幾個灶，若見每日增灶，兵又不知退與不退，則疑而不敢追。我們徐徐而退，就能毫髮無損。

卻說司馬懿只待蜀兵退時，一齊掩殺。正躊躇間，忽報蜀寨空虛，人馬皆去。

司馬懿因諸葛亮多謀，不敢隨便追趕，親自引百餘騎
前來蜀營內查看，教軍士數灶，又回本寨，次日，又
教軍士趕到那個營內查點灶數。

你看，諸葛亮狡猾，
還好我們沒追。

諸葛亮不折一人，望成都而去。後來，本地老百姓告
訴司馬懿，說諸葛亮退兵之時未見添兵，只見增灶。

我的謀略確實
不如諸葛亮啊！

歷史上諸葛亮真正的對手不是司馬懿

在小說《三國演義》裡，司馬懿是諸葛亮六出祁山的主要對手。從一出祁山開始，司馬懿就代替夏侯楙成為魏軍統帥，一直到六出祁山，諸葛亮病逝五丈原。小說中的司馬懿與諸葛亮不斷鬥智鬥勇，那麼在歷史上也是如此嗎？

翻閱史書我們得知，前兩次祁山之戰時，司馬懿遠在荊州宛城，根本無緣與諸葛亮交手。第三次祁山之戰時，司馬懿被任命為大都督，與曹真、張郃兵分三路入蜀。但因為下大雨，沒有和諸葛亮正面交鋒。第四次祁山之戰，是司馬懿與諸葛亮唯一一次正面交鋒的時刻。到第五次祁山之戰時，雙方對峙五丈原，司馬懿採取龜縮戰術，閉門不出，最終以諸葛亮病逝為結束。由此可知，歷史中諸葛亮在戰場上真正交鋒的對手是曹真與張郃，並不是司馬懿。

歷史上的火燒上方谷

「火燒上方谷」是小說《三國演義》中的經典情節，講的是諸葛亮最後一次北伐時，用火計困住司馬懿一家，可惜天降大雨讓司馬懿逃脫。但我們翻閱史書會發現，歷史上並沒有火燒上方谷的事件，這是羅貫中為了在諸葛亮身上增加「出師未捷身先死」的悲情色彩而虛構的劇情。

這段故事情節雖然是虛構的，但小說中的上方谷大雨卻有科學依據。上方谷位於山谷之中，這種地形不利於空氣流通，一旦谷內起火，下層空氣受熱膨脹，上層冷空氣收縮，就形成強烈對流的山谷風。同時，當谷底大量熱氣流上升到一定高度時，空氣中的水氣會凝結成雲霧，最終導致大雨傾盆。即便是虛構的情節也禁得起科學的解讀，這便是名著的魅力。

誡子書

〈誡子書〉是諸葛亮臨終前寫給兒子諸葛瞻的家書。諸葛亮一生為國，鞠躬盡瘁，死而後已。他為蜀漢國家事業日夜操勞，無暇親自教育兒子，於是寫下這篇書信告誡諸葛瞻：

> 夫君子之行，
> 靜以修身，
> 儉以養德，
> 非淡泊無以明志，
> 非寧靜無以致遠。
> 夫學須靜也，
> 才須學也，
> 非學無以廣才，
> 非志無以成學。
> 淫慢則不能勵精，
> 險躁則不能冶性。
> 年與時馳，
> 意與日去，
> 遂成枯落，
> 多不接世，
> 悲守窮廬，
> 將復何及！

「夫君子之行，靜以修身，儉以養德，非淡泊無以明志，非寧靜無以致遠。夫學須靜也，才須學也，非學無以廣才，非志無以成學。淫慢則不能勵精，險躁則不能冶性。年與時馳，意與日去，遂成枯落，多不接世，悲守窮廬，將復何及！」

兒子，好好用功。

放心吧，父親，我絕不辜負您的期望。

整篇〈誡子書〉不到100個字，以簡明的文風、嚴謹的措辭，闡述修身養性、治學做人的道理，深切表達出普天下為人父者對後代的厚愛與期望，因此成為歷代學子修身立志的名篇。文中如「靜以修身，儉以養德。非淡泊無以明志，非寧靜無以致遠。」也成為流傳千古的名句，是書香門第中常見的名言警句。

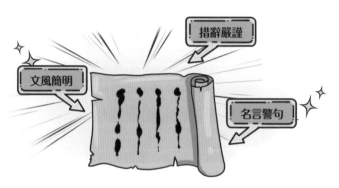

措辭嚴謹

文風簡明

名言警句

　　而諸葛亮的兒子諸葛瞻的確沒有辜負父親的厚望。當魏國大將鄧艾伐蜀時，諸葛瞻率領長子諸葛尚臨死抵抗，壯烈殉國。諸葛家祖孫三代都為蜀漢事業盡忠，從中能看出諸葛亮一家優良的家風。而這篇〈誡子書〉正是諸葛家風最形象的體現。

　　中國歷史上還有很多有名的〈誡子書〉，比如東漢學者鄭玄、孔子十世孫孔臧、晚清名臣張之洞都寫過〈誡子書〉，體現出中華民族重視家風、家教與家學的傳統。

殺身成仁，捨身聚義，就在今日。

父親，我們一起死，要對得起爺爺的教導。

三國成語詩詞

詠懷古跡
五首・其五

> 諸葛大名垂宇宙，宗臣遺像肅清高。
> 三分割據紆籌策，萬古雲霄一羽毛。
> 伯仲之間見伊呂，指揮若定失蕭曹。
> 福移漢祚難恢復，志決身殲軍務勞。　　〔唐〕杜甫

　　杜甫於西元766年寄居在今重慶夔州時，遊歷三峽一帶的古跡，寫下一組懷古詩篇。前面介紹過的「蜀主窺吳幸三峽」是〈詠懷古跡〉的第四首。這首「諸葛大名垂宇宙」則是〈詠懷古跡〉的最後一首。

　　開篇首句，作者就以熱情的筆調強調諸葛亮名震寰宇的影響力，頷聯「三分割據紆籌策，萬古雲霄一羽毛」是全詩的名句，完整概括了諸葛亮一生的事業，萬古千載，令人敬仰。然後又將諸葛亮比作古代的賢相伊尹、呂尚、蕭何及曹參，說明諸葛亮的歷史的地位。最後則讚美對諸葛亮「鞠躬盡瘁，死而後已」的精神。整首詩波瀾迭起，感人肺腑，最能體現晚年杜甫的作詩風格，是詠古詩篇中的千古名篇。

第 6 章

星落五丈原

受困上方谷

諸葛亮在祁山久駐，命蜀兵和魏國的老百姓分別種田。蜀兵占一分地，魏國老百姓占二分，互相不侵犯，相安無事，魏國的老百姓也很高興。

軍民緊緊團結，試看天下能怎麼樣？

老鄉，休息吧，你那點活我們幫你幹。

這事傳到了魏國，司馬師坐不住了，趕緊找爹爹司馬懿彙報。司馬懿堅持不出戰，理由是皇上沒下令要打。正在說話時，聽說魏延帶著軍馬來挑戰。探馬報說，魏延是戴著司馬懿狼狽逃竄時落下的金盔來的。

司馬懿不出戰，手下的這幫大將受不了。

魏延見罵了好一會兒都沒人搭話，只好收兵回去。諸葛亮見司馬懿不肯出戰，下密令叫馬岱建造木柵，營中掘下深塹，多放乾柴引火之物，周圍山上多用柴草虛搭窩鋪，內外都埋上地雷。

可將葫蘆谷後路塞斷，暗伏兵於谷中。若司馬懿追到，任他入谷，便將地雷乾柴一齊放起火來。

丞相這是要幹嘛？

諸葛亮又囑咐魏延和高翔如此這般布置下去，自己引一支軍馬在谷下安營。且說夏侯惠、夏侯和二人入寨跟司馬懿請戰。

司馬懿只好准許夏侯惠、夏侯和二人分兵兩路出戰。二將正行之間，忽見蜀兵驅木牛流馬而來。二人一齊殺將過去，蜀兵大敗奔走，木牛流馬盡被魏兵搶獲，解送司馬懿營中。

司馬懿把抓獲的俘虜都放回去，夏侯和不解，問為什麼不殺掉他們？司馬懿說，這是攻心之計。

當年呂蒙取荊州就是用這計策。

哦，原來如此！

這夏侯惠和夏侯和接連打了幾場勝仗，司馬懿心裡也高興。他從俘虜口中得知諸葛亮在上方谷西十里安營下寨，決定偷襲祁山。

祁山是西蜀的根本，我們去進攻祁山，他們各營都得去救援。我其實是聲東擊西，我去上方谷燒其糧草……

且說孔明正在山上，望見魏兵或三、五千一行，或
一、二千一行，隊伍紛紛，前後顧盼，他料想司馬懿
必來取祁山大寨，於是密傳令眾將。
司馬懿以爲這下得逞了，沒想到又上了諸葛亮的當。
司馬懿帶兵馬殺入谷中， 只聽見喊聲大震，山上一
齊丟下火把來，燒斷谷口，魏兵奔逃無路。
山上火箭射下，地雷一齊突出，草房內
乾柴都著火了，火勢沖天。

司馬懿那個呆瓜，
他心裡想什麼
我都知道！

哎呀，我們三
個這下算是死
到臨頭了。

司馬懿跟兩個兒子抱頭痛哭，這下死到臨頭，根本沒地方躲了。父子三人正哭之間，忽然狂風大作，黑氣漫空，一聲霹靂響處，驟雨傾盆。滿谷之火，盡皆澆滅，地雷不震，火器無功。司馬懿大喜，引兵奮力衝殺。張虎、樂綝亦各引兵殺來接應。馬岱軍少，不敢追趕。

留什麼啊，我們父子都被一勺燴了！遺言留給誰啊？

兒啊，來留個遺言吧！

咦？下雨了？哈哈，福大命大，真是造化！

且說魏兵在祁山攻打蜀寨，聽說司馬懿大敗丟失了渭南營寨，軍心慌亂，急忙撤退時又遇四面蜀兵衝殺，死者無數。諸葛亮在山上見魏延誘司馬懿入谷，一霎時火光不能著，司馬懿父子逃過一劫。

謀事在人，成事在天。不可強求啊！

谷口風狂烈焰飄，
何期驟雨降青霄。
武侯妙計如能就，
安得山河屬晉朝！

司馬懿在渭北寨內傳令，誰都不能出戰。誰敢不聽命令跟諸葛亮作戰，定斬不饒。

今天你們就算說破喉嚨，我也不出去惹諸葛亮。

那我們不是當縮頭烏龜嗎？

有一種勝利叫等著對方自己出錯。

巾帼辱司馬

諸葛亮引軍屯兵五丈原，命人叫陣，司馬懿就是閉門不出。司馬懿的臉皮特別厚，也不管蜀兵連喊帶罵，一直不為所動。諸葛亮想了個辦法，叫人弄一套女人的衣服裝好，寫一封書信叫使者給司馬懿送去。

我試試吧，前面我都氣死三個了。

丞相放心，我一定送到。估計能把司馬懿氣個半死！

司馬懿聽說諸葛亮給他送禮物來，內心很是好奇。他小心翼翼打開盒子。

嘻嘻一

司馬懿，你出來跟我打，連個姑娘都不如！

司馬懿看完心裡其實非常生氣，可是他必須忍住。他在心裡提醒自己，前面那幾個倒楣蛋都被諸葛亮氣死了，不能步上他們的後塵，我得學著臉皮厚一點。

諸葛亮是
什麼意思？

這是被氣到
神經錯亂了？

啊，諸葛亮譏諷
我不如個姑娘。
他說得對，我就
不如姑娘！

司馬懿強咬牙關，好吃好喝招待來使。

使者吃飽喝足回到五丈原，見到諸葛亮，說明事情經過。諸葛亮當然想問司馬懿被氣成了什麼樣子。

諸葛亮現在日理萬機，確實很辛苦。他長期如此忘我地工作，身體有些撐不住了。諸葛亮手下的謀士們非常擔憂，勸諸葛亮多加休息，說人家司馬懿料到你身體扛不住，等你出事呢。諸葛亮聽完掉下眼淚。

大家聽了諸葛亮一番話，都感動得落淚。諸葛亮自己也覺得神思不寧，身體需要休養。

再說司馬懿被諸葛亮羞辱一番，肝肺都差點氣得炸開。只是他怕使者看出來，盡量裝作若無其事。等使者一走，司馬懿開始在大帳內盡情發洩。

魏主曹睿聞東吳三路進兵，於是親自引大軍至合淝，令滿寵、田豫、劉劭分兵三路迎敵。滿寵設計盡燒東吳糧草戰具，吳兵多病。陸遜上表於吳王，約定前後夾攻，沒想到送表人中途被魏兵所獲，因此機關洩漏，吳兵無功而退。

諸葛亮身體狀況一直不好。他長期密切關注東吳的三路大軍戰況，因為只有東吳出兵，諸葛亮這邊才能兩面夾擊，擊敗魏兵。現在聽說東吳無功而返，諸葛亮急火攻心，長嘆一聲昏倒於地。大家嚇壞了，趕緊搶救。諸葛亮半晌才蘇醒過來。

諸葛禳星

這天晚上，諸葛亮抱病走出大帳。姜維陪同屏弱的諸葛亮出帳，諸葛亮仰觀天文，內心驚慌起來。姜維趕緊把諸葛亮攙扶進帳，詢問到底怎麼回事？

哎呀不好！

我命危在旦夕！

天象如此啊。

丞相何出此言？

諸葛亮知道一種祈禳之法可以幫自己續命，但不知道天意如何。如果順利，還可以延續生命。如果儀式中燈滅，那就必死無疑了。

我去準備。

你引甲士四十九人，各執皂旗，穿皂衣，環繞帳外，我自於帳中祈禳北斗。若七日內主燈不滅，吾壽可增一紀；如燈滅，吾必死矣。閒雜人等，休教放入。凡一應需用之物，只令二小童搬運。

時值八月中秋，是夜銀河耿耿，玉露零零，旌旗不動。姜維在帳外引四十九人守護。孔明自於帳中設香花祭物，地上分布七盞大燈，外布四十九盞小燈，內安本命燈一盞。

我生於亂世，承昭烈皇帝三顧之恩，託孤之重，不敢不竭犬馬之勞，誓討國賊。不意將星欲墜，陽壽將終⋯⋯

次日，諸葛亮抱病繼續工作，吐血不止。

司馬懿一直不出戰，同時持續探聽諸葛亮的動靜。一夜他仰觀天文，內心大喜。

諸葛亮在祈禳儀式的帳中已度過六夜，見主燈明亮，心中甚喜。姜維入帳，正見孔明披仗劍，踏罷步斗*，壓鎮將星。忽然聽見寨外吶喊，姜維剛要叫人詢問，此時魏延飛步闖入，將主燈撲滅了！諸葛亮一看大勢已去，把劍丟下，自知無法逃避一死。

* 踏罷步斗：道教法師在法事中禮拜星斗時的動作。

諸葛亮口吐鮮血，臥倒病床，姜維一直陪伴在他身邊。諸葛亮特別欣賞姜維，決定把平生所學全部傳授給他。

星落五丈原

姜維哭拜接受。諸葛亮還把軍事上的發明也一併傳授給姜維。

我還有個連弩之法，已經研究出來了，但是還沒實踐。

哦……

這個連弩，矢長八寸，一弩可十矢……

殺傷力很強。

我都畫好設計圖了，你可以按圖製造。

諸葛亮其實最放心不下的就是魏延。為了防止魏延謀反，他定了錦囊妙計。

好的，我記住了。

多謝丞相。

楊儀

後來，在諸葛亮過世後，魏延果然謀反了，此時姜維和楊儀想起諸葛亮的錦囊。楊儀拆開錦囊，手指魏延說：「丞相早就料到你會造反，所以有辦法對付你。」

你少跟我胡扯。

這是丞相治你的錦囊，計畫都寫好了。

你少提諸葛亮，他都死了，還能把我怎麼樣？

楊儀當著魏延的面唸出錦囊中的內容，他告訴魏延，你要是敢坐在馬上連喊三聲「誰敢殺我」，就算你是大丈夫。魏延氣得笑了，心想這就是諸葛亮給的錦囊妙計啊？別說喊三聲，三百聲我都敢喊。誰想到魏延剛喊了一聲，就被身後的馬岱一刀斬於馬下。

誰敢殺我！

我敢殺你！

那你喊喊看！

諸葛亮真是神機妙算。又說回當時，他將這些事情安排妥當後，又昏過去了。後主劉禪聽說諸葛亮病危，趕緊叫尚書李福前來探望，並詢問後事。李福連夜兼程，趕忙奔赴五丈原。

> 快去問問相父，以後的事情怎麼辦啊？

李福見到諸葛亮，轉達劉禪的問候。諸葛亮再次落淚。

> 我死後，你們都要盡心輔佐後主。國家舊制，不可更改，我所用之人，亦不可輕廢。我的兵法都授與姜維，他自能為國家出力。

李福領了諸葛亮的遺言後，匆匆辭去。諸葛亮強支病體，令左右將他扶上小車，出寨遍觀各營。他自覺秋風吹面，徹骨生寒，嘆息良久，回到帳中，病情沉重。

我再也不能臨陣討賊了，悠悠蒼天啊，我壯志未酬！

諸葛亮跟楊儀說：「王平、廖化、張嶷、張翼與吳懿等人都是忠義之士，久經戰陣，多負勤勞，堪可委用。我死之後，凡事俱依舊法而行。緩緩退兵，不可急驟。你深通謀略，不必我多加囑咐。姜伯約智勇足備，可以斷後。」

諸葛亮叫人取來文房四寶，在臥榻上爲後主劉禪手寫了一封遺表。

……伏願陛下：清心寡欲，約己愛民，達孝道於先皇，布仁恩於宇下……

咳咳一

諸葛亮寫完遺表，又叮囑楊儀務必祕不發喪，以防止司馬懿追擊。諸葛亮交代楊儀可作一大龕，將他的屍體坐於龕中，以米七粒，放在他口內，腳下用明燈一盞，軍中安靜如常，切勿舉哀，則將星不墜，他的陰魂更自起鎮之。到時候司馬懿見將星不墜，必然驚疑。我軍可令後寨先行，然後一營一營緩緩而退。

我自有辦法，嚇他半死。

司馬懿要是追擊怎麼辦？

是夜，諸葛亮昏迷不醒。忽然，剛離開的李福又哭著跑了回來。原來李福傷心過度，忘記了後主劉禪交代的事情。

我真是誤事啊！皇上還有話叫我問丞相呢。

你快點問吧。

丞相，您走了以後，誰可任大事啊？

蔣公琰。

蔣公琰之後呢？

費文偉。

咳咳一

這後主劉禪真是沒主見，都問出兩任人選了，還繼續
刨根究底。李福再問的時候，諸葛亮已經不再回答。
眾人上前觀瞧，原來諸葛亮已經仙逝。當時是建興十
二年八月二十三日，諸葛亮享壽五十四歲。

先生晦跡臥山林，
三顧那逢聖主尋。
魚到南陽方得水，
龍飛天漢便為霖。
託孤既盡殷勤禮，
報國還傾忠義心。
前後出師遺表在，
令人一覽淚沾襟。

卻說司馬懿夜觀天文，發現一顆赤色大星，光芒有角，自東北方流向西南方，墜於蜀營內，三投再起，隱隱有聲。

司馬懿很高興，立刻率領兵馬追擊蜀兵。司馬懿父子三人殺奔五丈原，殺入蜀寨，卻發現空無一人。

司馬師、司馬昭在後催軍，司馬懿親自引軍當先，追到山腳下，望見蜀兵不遠，於是奮力追趕。忽然山後傳來一聲炮響，喊聲大震，只見蜀兵俱回旗返鼓，樹影中飄出中軍大旗，上書一行大字曰：「漢丞相武鄉侯諸葛亮」。司馬懿大驚失色。

司馬懿定睛一看，只見中軍數十員上將擁出一輛四輪車來，孔明端坐於車上，綸巾羽扇，鶴氅皂絛。

司馬懿急忙勒回馬便走，聽到背後姜維大叫。魏兵魂飛魄散，棄甲丟盔，拋戈撇戟，各自逃命，自相踐踏，死者無數。司馬懿奔走了五十餘里，背後兩員魏將趕上。

都督別跑了。

我腦袋還在脖子上嗎？

頭還在。你都跑這麼遠了，馬受不了啊。

天啊，嚇死我了。

過了兩日，有當地鄉民奔告說蜀兵退入谷中之時哀聲震地，軍中揚起白旗。諸葛亮確實死了，只留姜維引一千兵斷後，前日車上的諸葛亮其實是個木頭人。

我能料其生，卻不能料其死！諸葛亮真是天下奇才啊！

長星半夜落天樞，奔走還疑亮未殂。
關外至今人冷笑，頭顱猶問有和無！

歷史上諸葛亮並沒有「六出祁山」?

　　在小說《三國演義》中，諸葛亮北伐曹魏的軍事行動統稱為「六出祁山」。但翻閱史料我們得知，歷史上諸葛亮北伐曹魏一共只有五次。

　　第一次北伐是在西元228年春天，最後因馬謖丟失街亭而失敗撤退。第二次北伐是在西元228年冬天，因蜀軍未攻克陳倉，又加上糧草不繼，所以撤軍。

　　第三次北伐是在西元229年春天，先是諸葛亮主動出擊，然後第二年魏軍轉守為攻，後因蜀地連續大雨，魏國撤軍。

　　第四次北伐是西元231年春天，這次是諸葛亮北伐取得最大戰績的一次，不但斬首魏兵三千，還斬殺魏國大將張郃，但蜀軍最終卻因糧草不繼而撤軍。

　　第五次北伐是234年春天，這是諸葛亮行軍最遠的一次，長安城近在咫尺，諸葛亮與司馬懿在渭水對峙，司馬懿採取防守策略不出戰，最終諸葛亮病逝五丈原，北伐至此告終。

　　諸葛亮從漢中北伐出兵長安，有五條道路可以走，分別是陳倉道、褒斜道、儻駱道、子午道及祁山道。在蜀漢的五次北伐中，其實只有第一次與第四次出了祁山。所以嚴格來說，歷史的諸葛亮只有「五次北伐，二出祁山」。

你到底出了幾次祁山？

這是軍事機密，你自己去猜吧。

劉禪真的是昏君嗎？

在《三國演義》小說的描寫中，蜀漢後主劉禪只知道貪圖享樂，甚至聽信讒言召回北伐的諸葛亮，最終導致江山落入他人手中，自己也成了亡國之君，還落下了「樂不思蜀」的笑柄。劉禪的乳名叫做阿斗，後世常用一句「扶不起的阿斗」來形容某人昏庸無能。

劉禪真的是昏君嗎？其實，歷史上諸葛亮甚至還誇過他仁德靈敏，但這並不代表劉禪就是一個好皇帝。劉禪和他父親劉備相比，缺少亂世爭霸的雄才大略。如果他在和平時期可能會是一位好皇帝，但他偏偏又生活在亂世當中，這就是皇帝劉禪的可惜之處。

《三國志》作者陳壽對劉禪的評價是「素絲」，就是說劉禪好比一張白紙，如果遇到諸葛亮這樣的賢相，就表現得很好；如果遇到黃皓這樣的奸臣，就成了昏君。這應該是對劉禪最公正的評價了。

武侯

　　諸葛亮在民間被稱為「武侯」，而他的祠堂稱為「武侯祠」，他的墓稱為「武侯墓」。關於「武侯」名稱的來歷，和諸葛亮的兩個稱號有關。諸葛亮生前被封為「武鄉侯」。諸葛亮死後，他的諡號又是「忠武侯」。因為這兩個稱呼當中都有「武」字，所以民間就統稱諸葛亮為「武侯」了。

我雖是文官，卻是武侯。

　　之前我們介紹過皇帝的諡號，這次來介紹古代臣子的諡號。諸葛亮的諡號是「忠武」，因為諸葛亮在後世享有極高的讚譽，所以從此之後，「忠武」就成為中國古代臣子最高級別的諡號。在古代能夠獲得「忠武」諡號的臣子，不是對王朝有過極大貢獻，就是其人已經成為一種民族圖騰，受到萬代讚揚。

不要總誇我，怪不好意思的。

比如唐代的郭子儀平定安史之亂，收復兩京，安穩社稷，有再造大唐之功。郭子儀去世後，他的諡號就是「忠武」。宋代的岳飛率領義軍光復故土，精忠報國，他的愛國精神和民族氣節被後人永久紀念，因此岳飛的諡號也是「忠武」。從這兩個例子，就能看出「忠武」諡號的分量了。

「忠武」的「忠」代表精忠報國，「武」代表武定乾坤，是對一個人才能與品德的雙重肯定。這個諡號也代表中華傳統對德才兼備的優秀人才的推崇與讚揚。

三國成語詩詞

蜀先主廟

天下英雄氣，千秋尚凜然。
勢分三足鼎，業復五銖錢。
得相能開國，生兒不象賢。
淒涼蜀故妓，來舞魏宮前。　　〔唐〕劉禹錫

　　劉備在白帝城去世之後，人們在夔州為劉備修建先主廟，該廟宇到唐代依舊香火不斷。劉禹錫曾於西元821年任夔州刺史，因此前去拜祭先主廟，留下此詩。

　　這首詩的首聯開門見山地讚美劉備的英雄氣概，領聯又完整概括劉備一生的功業。頸聯「得相能開國，生兒不象賢」是全詩的詩眼，是指劉備拜諸葛亮為丞相開創了國基，可惜他的兒子不像其父賢明。劉禹錫最終在尾聯引出對蜀漢滅亡及劉禪樂不思蜀的無限惋惜。全詩前半部分歌詠英雄功德，後半部分描寫昏君衰敗，兩者形成鮮明的對比，既有藝術感染力，又有警示作用。

樂不思蜀呀。

龍生龍，鳳生鳳，我怎麼生了一個敗家子？

第7章

司馬懿奪權

拆取承露盤

蜀漢建興十三年，同時也是魏主曹睿青龍三年及吳主孫權嘉禾四年，這一年很和平，三國都沒打仗。魏主封司馬懿爲太尉，總督軍馬，安鎭諸邊。

不打仗，大家就有了閒情，尤其魏主曹睿是大興土木，建蓋宮殿。他在洛陽建造朝陽殿和太極殿，那真是雕梁畫棟，碧瓦金磚，極其華麗。魏主選天下巧匠三萬餘人，民夫三十餘萬，不分晝夜施工。民力疲困，怨聲不絕。

曹睿不顧天下百姓死活，過著奢華的生活。大臣董尋進諫，曹睿勃然大怒，想殺了這位忠臣。幸虧左右求情，才免了董尋死罪，貶他為庶人。

既然忠臣有了，奸臣也少不了。曹睿召見馬鈞，叫他出主意。

這馬鈞很會投其所好，馬上幫曹睿分析情勢。

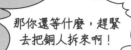

漢朝二十四個皇帝，數武帝壽命長。那是因為他在長安宮中，建造了柏梁台。台上立一銅人，手捧一盤，名曰承露盤，接三更北斗所降沆瀣之水，其名曰天漿，又曰甘露。取此水用美玉為屑，調和服之，可以返老還童。

那你還等什麼，趕緊去把銅人拆來啊！

馬鈞領命，帶著一萬人直奔長安，叫人搭起木架，上柏梁台拆銅人。五千多人爬了上去。那柏梁台高二十丈，銅柱圓十圍。馬鈞叫大家先拆銅人。只見銅人眼中潸然淚下，大家都驚呆了。

銅人哭了！

不是吉兆啊。

少廢話，給我拆。

忽然銅台邊一陣狂風刮起，飛砂走石，急若驟雨。頓時台傾柱倒，發出一聲巨響，就如天崩地裂，壓死了千餘人。

馬鈞不顧死傷這麼多人，硬是把銅人和金盤都取下來，獻給了魏主曹睿。曹睿大喜。

太好啦！
趕緊建造高台，
朕都等不及啦！

大臣少傅楊阜上表，言辭犀利，力勸魏主曹睿不要勞民傷財。他還列舉桀、紂、楚、秦為深誠，但是曹睿根本聽不進去。他一看這表就有些不耐煩，一心催促馬鈞快點施工，抓緊時間把銅人安置好，讓承露盤早點上工接神水。

抓緊施工，
別聽他們瞎嘀嘀！

魏主曹睿在當平原王時，跟結髮妻子毛氏非常恩愛。曹睿繼位以後，他把毛氏立爲皇后，後來又遇到郭夫人，這個郭夫人長得漂亮，曹睿每天跟郭氏待在一起，一個月也不出宮，而且還不准宮人告訴毛皇后他在御花園與郭氏相伴。

你們不准傳話給皇后！
否則後果自負！

不過，世上沒有不透風的牆。這件事被毛皇后知道了，他帶著醋意問魏主曹睿一句話，哪裡想得到這句話竟惹禍了。曹睿大怒，把在御花園服侍的人員全部殺掉，還賜死毛皇后，改立郭夫人爲皇后。這事出得荒唐，群臣嘆息，沒有人敢再進諫。

我都說過了，後果
自負！這就是後果！

有一天夜裡，魏主曹睿在宮中，忽然一陣陰風吹滅燈光，只見毛皇后引數十個宮人哭至座前索命。

曹睿從夢中醒來，因此得病。這病日漸嚴重，曹睿感覺情況不好，於是命侍中光祿大夫劉放跟孫資掌管樞密院一切事務，又召文帝子燕王曹宇爲大將軍，輔佐太子曹芳攝政。曹宇爲人恭儉溫和，不肯當此大任，堅辭不受。

曹爽亂政

曹睿召見劉放跟孫資，詢問兩人，宗族之內誰可以輔佐幼子繼位？兩個人推薦曹真之子曹爽。曹睿准奏，封曹爽爲大將軍，總攝朝政。

以後我兒曹芳就指望你了。

那時候曹睿的兒子曹芳才八歲，根本不懂怎麼當皇帝。曹睿召司馬懿還朝，把自己信賴的文武大臣叫到跟前交代後事。這個時候，魏主曹睿拉住司馬懿的手，想起來劉備當年託孤給諸葛亮的事情。

你要多跟諸葛亮學習，鞠躬盡瘁死而後已。

臣一定聽您話！

爹，我要尿尿。

魏主曹睿託孤完畢，不久後就去世了。曹睿在位十三年，三十六歲去世。他一心想長生不老，結果卻英年早逝。那一年是魏景初三年正月下旬。

魏主曹睿駕崩，其幼子曹芳繼位。曹芳謚曹睿爲明帝，葬於高平陵，尊郭皇后爲皇太后，改元正始元年，由司馬懿與曹爽輔政。

時間一長，曹爽想起司馬懿以前對自己的不好，於是他跟手下官員商議收拾司馬懿。曹爽建議魏主曹芳說，司馬懿功高德重，可加爲太傅。這樣一來，實際上是剝奪了司馬懿的兵權。

說得有道理。

這是我們老曹家的江山，不能讓司馬懿說了算。

曹芳一聽覺得有道理，於是解除司馬懿的兵權，自此兵權都歸曹爽執掌。他任命弟弟曹羲爲中領軍，曹訓爲武衛將軍，曹彥爲散騎常侍，各引三千御林軍，任其出入禁宮。又用何晏、鄧颺、丁謐爲尚書，畢軌爲司隸校尉，李勝爲河南尹，這五人日夜與曹爽議事。於是曹爽門下賓客日盛。

你們都聽我的！

司馬懿藉口說得病不再出門，兩個兒子司馬師和司馬昭也都退職在家裡閒居。

跳馬！

我們都被小人欺負成這樣了！

爹，你還有心思下棋？

我心裡有數，現在時機未到。

曹爽每天和何晏等人飲酒作樂，凡用衣服器皿，與朝廷無異，各處進貢珍奇之物，先取上等者歸了自己。佳人美女，充滿府院。

曹爽的生活極盡奢華，私選先帝侍妾七八人送入府中，又選善歌舞良家子女三四十人為家樂。他還建重樓畫閣，造金銀器皿，用巧匠數百人，晝夜工作。

你們今後都跟著我吃香喝辣。

吃得好住得好玩得好，我好你們才能好！

曹爽、何晏跟鄧颺等人常去郊外打獵，曹爽玩得很上癮。他弟弟曹羲看事情不妙，不只一次勸誡哥哥。

手下其他大將也勸說，曹爽就是執迷不悟。他覺得兵權在手，一切都無所畏懼。弟弟曹羲提醒哥哥，司馬懿足智多謀，不得不提防。飛揚跋扈的曹爽聽了弟弟的諫言，想瞭解一下司馬懿的動向。

曹爽還不放心，正好魏主曹芳派李勝去荊州做刺史，
曹爽叫李勝去辭別司馬懿，正好探聽虛實。

李勝來到太傅府，早有人將此事稟報給司馬懿。司馬
懿趕緊吩咐兩個兒子做好準備。

司馬詐病

司馬懿馬上把自己的頭髮打散，爬上床抱著被子坐著，又叫兩個婢女伺候自己，假裝無法起床似的。兩個兒子看傻了眼，心想自己的老爹什麼時候戲演得這麼好了？

別發呆了，趕緊叫李勝進來。

李勝被請進來，一看屋內，竟然沒有下腳的地方。司馬懿在床上倚靠著，行動不便，邋遢得不忍直視。

太傅，你一向可好？

我起得不早。

我問你一向可好，不是問你起得早不早。

你要洗腳？

211

李勝被司馬懿打岔打得哭笑不得。司馬師和司馬昭說爹爹得病以後就耳聾，變成了這樣。李勝只好用筆在紙上寫字，司馬懿哆嗦著看完。侍女餵湯，司馬懿灑了滿衣襟。

司馬懿的口水噴了李勝一臉，李勝趕緊告辭離開。李勝一出門，司馬懿一下就站了起來，恢復精神抖擻。

這湯挺好喝，你也來一口。阿嚏——

我不喝，不喝……

你們看我剛才表演得怎麼樣？

這下曹爽不擔心我了，趁著他再出去打獵，我們收拾他。

滿分！

爹，我們得向您學習啊。

李勝出了太傅府，直接去跟曹爽彙報，細說司馬懿馬上就玩完了。曹爽很高興，心想這司馬懿一死，就沒有人能阻擋他了。沒幾天，曹爽打獵的癮又犯了。他約魏主曹芳先去祭祀先帝，順便打獵。於是，大小官僚隨駕出城。曹爽帶著弟弟，並心腹何晏等人及御林軍護駕。

一提打獵，我心裡就像長蟲一樣癢癢！

司農桓范感覺情況不對，馬上對曹爽說，他們兄弟不能一起出去打獵，必須留人在城裡鎮守，否則萬一有人造反，我們可就措手不及了。曹爽正在興頭上，聽他這麼說，用馬鞭指著他一頓大罵。司馬懿早就等著這樣的機會呢，他一聽說曹爽出城了，心中大喜，命令手下破敵之人，引二子上馬，開始行動。

曹爽的末日到了！

司馬懿令人傳假令，把曹爽的大營占了。然後又叫太僕王觀把曹羲的大營占了。司馬懿到後宮見郭太后，說曹爽辜負了先帝託孤之恩，奸邪亂國，其罪當廢。郭太后懼怕司馬懿，只能聽從。司馬懿急令太尉蔣濟、尚書令司馬孚，一同寫表，派黃門官出城外，去找魏主申奏。

這個您放心，我自有辦法保護天子。

可是天子在外面呢，這可怎麼辦啊？

曹爽對城內的事情一無所知，還在城外打獵玩耍呢。
忽然聽見有人來報，說司馬懿在城內有動靜，曹爽心
裡一驚，差點落馬。黃門官捧著表飛馬來到，在天子
馬前跪下。曹芳接表，叫近臣讀表。

……今大將軍曹爽，
背棄顧命，敗亂國典。
皇太后叫我下令，收回
曹爽等人兵權。

魏主曹芳一聽放心了，人家司馬懿不是謀反，事情跟
曹爽有關。曹芳也挺有趣的，順手就甩鍋給曹爽。

愛卿，太傅說的事
情你看該怎麼辦？

啊？

曹爽一聽，手足失措，回頭問二弟怎麼辦？曹羲勸曹爽，這司馬懿不是一般戰士，連諸葛亮都沒鬥贏他，我們兄弟根本不是他的對手。

我們趕緊把自己綁起來去求情，免得一死。

這可怎麼辦？

話音未落，參軍辛敞、司馬魯芝到。司農桓范打馬如飛趕到，他給曹爽出主意說，將軍可以帶著天子去許都，調外兵征討司馬懿。

你隨天子一起，完全可以號令天下啊。你回去繳槍不是自投死路嗎？

可是，我全家都在城中呢，我到別處求援不合適吧？

司馬懿現在什麼情況？

城中被太傅把守得像個鐵桶，他引兵屯於洛水浮橋，想回去不可能了。

政歸司馬氏

曹爽現在早就沒有了先前的威風，後悔也沒用，猶豫不決，嚇得一直哭。大家你一言我一語，曹爽更是沒有了主意。整個晚上也沒闔眼，不知道到底該怎麼辦？

曹爽拔劍在手，整夜嗟嘆尋思，自黃昏流淚到破曉，終是狐疑不定。桓范一直在等著曹爽決斷。

曹爽最終還是決定和平解決問題。他先把兵權大印交出去，主簿楊綜扯住大印嚎哭。

217

曹爽把兵權大印一交，眾軍四散而去。他的手下只有數騎官僚，一下子成了光桿司令。

司馬懿傳令，叫曹爽兄弟回到自己私宅，聽候發落。

曹爽兄弟回到府上，司馬懿叫人把大門鎖上。曹爽心裡鬱悶。

怎麼辦？

現在家裡缺糧，寫信跟他借糧。如果肯借糧給我們，表示他不想害我們。

司馬懿很快就借糧給曹爽。不過，曹爽還是高興得太早了。司馬懿可不是面慈心軟的人，他只是輪流算帳。司馬懿先把曹爽的黨羽全部消滅，然後把曹爽兄弟都斬了，而且滅其三族，斬草除根。

我不心狠，地位不穩！

曹爽一個堂弟的妻子是夏侯令閨女，她守寡無子，父親勸她改嫁，她卻把自己雙耳割下，不肯嫁人。
曹爽被誅殺以後，她父親再次提起改嫁的事。她很剛烈，把自己鼻子也切掉。家人們都嚇壞了，再也不敢提起改嫁的事情。

我聽說過，仁人不會因盛衰而改變節操，義士也不會因存亡而改變心志。曹家以前興盛之時，我尚且想終生守節，何況如今衰亡了，我怎麼忍心拋棄它？這是禽獸的行為，我豈能這樣做？

我寧死不嫁！

司馬懿聽說後，很讚賞她的賢德，於是就讓她收養了兒子作為曹家的後代。

你們要學習人家弱女子的節操！

司馬懿滅掉曹爽，剷除異己。魏主曹芳不敢表態，爲了穩住司馬懿，官封司馬懿爲丞相，加九錫。司馬懿假惺惺不肯接受，曹芳堅決要封他當丞相，司馬懿這才扭扭捏捏答應了。這一幕在曹操上位那時候也出現過，天道輪回這才多少年，歷史又重演了。自此，司馬懿奪權成功。

歷史上的「死諸葛走生仲達」

「死諸葛走生仲達」是一句著名的民間諺語，源自於小說《三國演義》裡，諸葛亮臨死前定下遺計，交代姜維等自己去世後，祕不發喪，緩緩退軍，然後派人假扮自己。魏軍主帥司馬懿率軍追擊，忽然見蜀軍帥旗飄揚，諸葛亮坐在車裡。司馬懿懷疑是諸葛亮用計誘敵，趕緊策馬收兵。這裡的「走」是嚇跑的意思，這句話比喻聰明人用小計謀就能鎮懾他人。

這段故事是有史料依據的，出自《三國志》引注《漢晉春秋》。史料與小說不同的地方在於，這並不是諸葛亮定下的遺計，而是姜維舉旗鳴鼓，令司馬懿懷疑諸葛亮未死，於是下令撤軍。司馬懿字仲達，因此百姓們皆說：「死諸葛走生仲達。」司馬懿聽到這句話後也不禁發笑，說：「我能料諸葛亮生，不能料諸葛亮死呀。」

司馬懿和妻子張春華恩愛嗎？

在歷史上司馬懿的妻子名叫張春華。張春華在《三國演義》中並沒有出現，但在近幾年的電視劇當中，司馬懿和張春華被刻畫成一對恩愛夫妻，司馬懿更對這位妻子又愛又怕，讓人忍俊不禁。歷史上也是如此嗎？

歷史上的張春華可不是什麼溫柔善良的小媳婦，她和司馬懿一樣心狠手辣。當年，司馬懿為了躲避曹操的徵召，於是裝病在家。有一次家中的婢女看到司馬懿起身活動，張春華害怕消息洩漏，於是就殺了這位婢女，然後若無其事地接著做飯。

有什麼樣的丈夫，就有什麼樣的妻子。

沒想到我老婆比我更狠。

司馬懿和張春華實際上並不恩愛。司馬懿晚年寵愛柏夫人，漸漸冷落張春華。有一次，司馬懿生病臥床，張春華前去探望病情。司馬懿說：「老東西真討厭，哪用得著煩勞你出來？」

張春華羞慚怨恨，於是拒絕進食，想要自殺，她的幾個孩子也都不吃飯。司馬懿心疼自己的孩子們，於是向張春華賠禮道歉。一位對自己的結髮夫妻這麼無情的人，也難怪他會不念曹氏舊恩，發動政變，趁機奪權。

好想離婚呀。

你最好趁我改變心意前好好反省反省。

鷹視狼顧

「鷹視狼顧」用於形容人凶殘狠心。「鷹視」就是目光銳利，直勾勾看人的樣子。「狼顧」是指一個人回頭時，身體維持不動，腦袋像狼一樣向後轉一百八十度。民間認為，如果一個人有「鷹視狼顧」之貌，代表此人有奸邪之心，叛逆之志。

這人可以提防一點。

我是一隻來自北方的狼。

根據史書記載，司馬懿就有「鷹視狼顧」之相。曹操觀察出司馬懿有野心，就是聽說司馬懿有傳說中的「狼顧之相」，於是想要驗證一番。有一天，司馬懿正在走路，曹操從他身後冷不防大喊一聲：「司馬懿！」司馬懿下意識猛然回頭，正好展現出「鷹視狼顧」的相貌。果然，等曹操去世之後，司馬懿逐漸掌握曹魏政權，等到司馬懿的孫子司馬炎掌權時，更是正式廢掉魏帝，建立晉朝。

司馬懿一回頭，嚇死路邊一頭牛。

不是因為我醜，是因為我善於隱藏。

啊！

以現代的角度來看，憑一個人的相貌來評價一個人的內心，顯然不符合科學。歷史上之所以有司馬懿「鷹視狼顧」長相的傳聞，可能是因為在古代普遍對司馬氏政權沒有好感，於是故意編排出這樣的傳聞，來刻畫司馬懿在民間的奸詐形象。

久而久之，這種說法就深入人心了。人們習慣用「鷹視狼顧」這個成語，來形容那些飛揚跋扈的權臣，比如清末時期，溥偉在《讓國御前會議日記》中就評價權臣袁世凱：「袁世凱鷹視狼顧，久蓄逆謀，故謂其為仲達第二。」這裡的仲達，指的就是司馬懿。由此可知，司馬懿的「鷹視狼顧」之相，已經成了奸臣及權臣的代表面相。

西塞山懷古

王濬樓船下益州，金陵王氣黯然收。
千尋鐵鎖沉江底，一片降幡出石頭。
人世幾回傷往事，山形依舊枕寒流。
今逢四海為家日，故壘蕭蕭蘆荻秋。　〔唐〕劉禹錫

　　司馬懿去世後，他的兒子司馬師、司馬昭繼續掌權。西元263年，司馬昭下令伐蜀，後主劉禪投降，蜀漢正式滅亡。自從蜀漢滅亡之後，司馬氏就開始在益州造船，謀劃滅吳大業。劉禹錫的這首詩，開篇首句描寫的就是晉朝大將王濬順長江而下，一舉攻破吳都金陵的情景。

　　劉禹錫寫這首詩時，正值唐朝藩鎮割據嚴重的時期。劉禹錫心憂社稷，於是通過描寫晉朝滅吳，三分一統的歷史，來表現國家統一是歷史的必然潮流。詩人把歷史、風景及情感，巧妙融合在一首詩裡，營造出一種悲涼的蒼茫感，是詠史詩中的上等佳作。

順流而下，攻破吳國。三國一統，就在今日。

三國都能統一，如今的藩鎮割據，也希望早日能平定。

第 8 章

三分歸一統

司馬炎篡魏

嘉平三年八月，司馬懿染病，病情漸漸沉重，他知道
自己時日不多，叫兩個兒子到病榻前，叮囑他們。

> 孩兒們，我跟隨魏主多年，
> 一直小心翼翼，你們一定要
> 善理國政，謹慎再謹慎啊。

司馬懿囑咐完畢，一命歸西。兩個兒子司馬師和司馬
昭趕緊稟報魏主曹芳。曹芳厚加祭葬，封司馬師為大
將軍，總領尚書機密大事，封司馬昭為驃騎上將軍。

司馬師　　司馬昭

光陰荏苒，轉眼間，三國元老級人物逐漸消逝，退出
人間舞台。東吳孫權也已經年邁。孫權先立兩個兒子
爲太子，兩人卻都因故被廢。三子孫亮是潘夫人所
生，才得以上位。這個時候，東吳的陸遜和諸葛瑾等
人都已經去世，現在的大小事務都是由諸葛瑾的兒子
諸葛恪來負責。

太元元年八月初一日，忽起大風，江海湧濤，平地水
深八尺。吳主先陵所種松柏盡皆拔起，直飛到建業城
南門外，倒於道上，孫權因此受驚成病。

哎呀，
不是吉兆啊。

司馬昭收了西川，大功告成，眼裡更不把皇上當一回事了。當時的魏主已經換成曹奐，他表面上是天子，實際上一切事情都得聽司馬昭的。司馬昭有兩個兒子，長子叫司馬炎，身材魁偉，兩手過膝，聰明英武，膽量過人。

司馬昭立司馬炎為世子，手下人說天下換主，立見太平，建議司馬昭自立為帝。司馬昭心裡很高興，誰知道樂極生悲，他竟然中風不能說話了。第二天，司馬昭病情嚴重，抬手指向司馬炎後就去世了。

這司馬炎可比爺爺司馬懿、爹爹司馬昭的野心大多了，而且他生性膽大包天，什麼事都敢做。當年曹丕敢廢漢稱帝，司馬炎認為自己現在如法炮製也不過分。他徵求心腹意見，大家都表示同意。

有了這麼多人支持，司馬炎更加有恃無恐了。他帶劍去見魏主曹奐，曹奐連日不曾設朝，心神恍惚，舉止失措，見司馬炎氣勢洶洶而來，慌忙下床迎接。司馬炎把篡位之意一說，魏主曹奐嚇得縮成一團發抖。黃門侍郎張節一聽，怒喝司馬炎。

張節反對司馬炎篡位，遭到司馬炎殺害。魏主曹奐哭著下跪求情也沒用，司馬炎索性不跟曹奐商量，下令大臣賈充築造禪壇，準備登基稱帝。

神壇建造完畢，眾人請司馬炎登壇。賈充、裴秀列於左右，執劍，令曹奐拜伏地聽命。司馬炎取而代之，封魏主曹奐為陳留王，沒有宣詔不准進京。曹奐哭哭啼啼而去，至此，曹操建立的魏國滅亡，時代進入晉朝。

這是怎麼回事，我這麼年輕就退休了。

進兵襲吳

諸葛亮死後，蜀國後主劉禪在魏國攻打下投降，如今魏國也不復存在。東吳的孫休一看當下局勢，心想這司馬炎肯定要伐吳啊。他著急上火而臥病在床，趕緊召大臣交代後事，本來是想把皇位傳給自己的小兒子，可是年幼的兒子根本不能執政。

你們要學習諸葛亮，別跟司馬懿學，好好輔佐我的皇子。

爹，我想尿尿！

丞相濮陽興一看情況心想，這樣的皇上如何安天下？乾脆等孫休一咽氣，眾人商量一下，改立孫皓當皇上。孫皓是孫權太子孫和之子，當年七月登基。

放心吧，我會好好做的。

這孫皓嘴上答應好好做皇帝，但是等他真的當上皇帝，凶暴的本性馬上就暴露出來了。

當上皇上，取得至高無上的權力後，孫皓開始把忠臣的勸告當成耳邊風。

一開始孫皓還不敢太放肆，後來膽子漸漸變大，他在佞臣岑昏的鼓動下變得有恃無恐。孫皓勞民傷財，下令建造昭明宮。

昭明宮

來人，給我殺！

皇上，千萬不能這麼做啊！

來人，把他眼珠子給我摳出來！

你……你這個不爭氣的東西，立你為帝是看走眼了。

吳主孫皓荒淫無度，只會享受。百姓怨聲載道，大臣們無人再敢勸說。當時民間有童謠這樣唱：寧飲建業水，不食武昌魚；寧還建業死，不止武昌居！

逆我者亡，
順我者昌！

孫皓如此暴斂，早有人報入洛陽，晉主司馬炎聽聞以後覺得有機可乘。賈允獻計，叫司馬炎下詔叫都督羊祜攻取吳國。司馬炎大喜，當即下詔遣使到襄陽，宣諭羊祜即刻出征。

孫皓不修德政，
正是我們滅掉他
們的大好機會。

羊祜整點軍馬，準備迎敵。羊祜擅長帶兵打仗，他減少巡邏的士兵，分派他們去開墾荒田八百餘頃。羊祜剛來的時候，軍中的糧食還不夠吃一百天，沒出幾年，軍中的存糧已經十年也吃不完。

羊祜在軍中不披鎧甲，帳前侍衛不超過十幾個人。有一天，部將入帳稟告說吳兵懈怠，可乘其不備襲擊，一定能夠大獲全勝。他日，羊祜帶著眾將打獵，正好遇到孫吳陸遜的次子陸抗也在打獵。兩邊互不侵犯，到了晚上各回各的領地。羊祜詢問部下這次打獵的成果，下令只要是吳國射傷的獵物都送回去。

陸抗聽說以後，趕緊把魏國的士兵叫來。

哈，爽快，你們主帥給我送回獵物，我也得表示一下。把我存的佳釀送給你們一勺。

應該說是相當喜歡喝酒。

你們主帥能喝酒嗎？

羊祜拿到陸抗送的佳釀美酒，非常高興，馬上就開壺喝酒。部將陳元不放心，生怕陸抗在酒中下毒，攔住不讓他喝。

萬一有毒怎麼辦？

內心要陽光點！

羊祜真的把酒喝了，部將們大驚失色。來人回去告訴
陸抗，此後雙方十分友好。有一天，陸抗患病，羊祜
送上自己的藥方，陸抗要喝藥，眾將嚇得趕緊阻攔。
陸抗微微一笑，從容把藥服下，第二天病就好了，眾
將拜賀。

吳主孫皓派遣使者來到，陸抗接見使者。使者傳孫皓
的命令，即刻伐魏。陸抗答應，修書一封叫使者帶給
孫皓。

吳主孫皓看完陸抗寫來的書信，鼻子差點氣歪。陸抗在信中勸吳主修德慎罰，以安定團結內部為主，不要對外發動戰爭。

吳主孫皓大怒，馬上宣布罷免陸抗的兵權，將他降職為司馬，又令左將軍孫冀接替兵權。群臣中沒有人敢為陸抗說話。

吳主孫皓自改元建衡至鳳凰元年，恣意妄為，窮兵屯戍，上下無不嗟怨。丞相萬彧、將軍留平、大司農樓玄三人見孫皓無道，直言苦諫，全都被殺掉了。

吳主孫皓太不像話了，前後十餘年，殺掉忠臣四十餘人，可以說把好人都殺得差不多了，真是自尋死路。孫皓出入常帶鐵騎五萬，威風凜凜，傲視一切。

卻說羊祜聽說陸抗被罷免兵權，又聽聞孫皓無德。他知道伐吳有了可乘之機，趕緊派人去洛陽見司馬炎，請求伐吳。

司馬炎觀表大喜，便令興師。可是賈充、荀顗、馮紞三人立刻勸阻不可伐吳。司馬炎耳根子軟，馬上就不去了。

直到咸寧四年，羊祜入朝想辭職歸鄉養病。司馬炎問他有什麼治國安邦策略？羊祜嘆息回答，現在東吳孫皓暴虐日甚，應該趁早進攻。要是孫皓過世，東吳另立明君，就不好取勝了。司馬炎恍然大悟。這一年的十一月，羊祜病危，司馬炎親自到家中探望。

陛下可以用右將軍杜預伐吳。

朕沒有聽從你的建議，腸子都悔青了。

我們再說東吳那邊，老將丁奉和陸抗等人都去世了。吳主孫皓繼續紙醉金迷。

繼續喝酒奏樂！

司馬炎幾經權衡，終於決定伐吳。他命鎮南大將軍杜預為大都督，引兵十萬出江陵，鎮東大將軍琅琊王司馬伷出塗中，安東大將軍王渾出橫江，建威將軍王戎出武昌，平南將軍胡奮出夏口，各引兵五萬，皆聽預調用。

早有消息報入東吳。吳主孫皓大慌，急召丞相張悌、司徒何植、司空滕循，計議退兵之策。張悌出主意，令車騎將軍伍延為都督進兵江陵，迎敵杜預，驃騎將軍孫歆進兵拒夏口等處軍馬。臣敢為軍師，領左將軍沈瑩、右將軍諸葛靚引兵十萬，出兵牛渚，接應諸路軍馬。吳主孫皓退入後宮，心神不寧啊。寵臣中常侍岑昏問他怎麼回事？孫皓說人家晉兵太凶猛了，戰船齊備，順流而下，恐怕抵擋不住啊。

這還不容易？可打連環索百餘條，長數百丈，每環重二三十斤，於沿江緊要去處橫截之。再造鐵錐數萬，長丈餘，置於水中。若晉船乘風而來，遇錐則破，都得沉底！

太好了。

卻說晉都督杜預，兵出江陵，令牙將周旨：引水手八百人，乘小舟暗渡長江，夜襲樂鄉。次日，杜預領大軍水陸並進。兩兵初交，杜預便退。孫歆引兵上岸，迤邐追時，不到二十里，一聲炮響，四面晉兵大至。吳兵急回，杜預乘勢掩殺，吳兵死者不計其數。

殺！

孫歆奔到城邊，周旨八百軍混雜於中，在城上舉火。
孫歆大驚，急欲退時，被周旨大喝一聲，斬於馬下。
陸景在船上望見江南岸上一片火起，巴山上風飄出
一面大旗，上書：「晉鎮南大將軍杜預」。

陸景大驚，欲上岸逃命，被晉將張尚馬到斬之。伍延見各軍皆敗，於是棄城逃走，被伏兵捉住，綁起來送去見杜預。杜預叱令武士斬了他。江陵失守，於是沅、湘一帶直抵廣州諸郡，守令皆望風齎印而降。杜預令人持節安撫，秋毫無犯。遂進兵攻武昌，武昌亦降，杜預軍威大振，遂大會諸將，共議取建業之策。

百年之寇，未可盡服。方今春水泛漲，難以久住。可俟來春，更為大舉。

不能猶豫，一鼓作氣拿下東吳！

龍驤將軍王濬率水兵順流而下。前哨報告說吳人造鐵索，沿江橫截，又以鐵錐置於水中為準備。

王濬哈哈大笑，心想這真是小兒科的主意。王濬叫人造大筏數十方，上縛草為人，披甲執杖，立於周圍，順水放下。吳兵見之以為是活人，望風先走。暗錐著筏，盡提而去。魏兵又於筏上作大炬，長十餘丈，大十餘圍，以麻油灌之，但遇鐵索，燃炬燒之，須臾皆斷。兩路從大江而來。所到之處，無不克勝。

卻說東吳丞相張悌，令左將軍沈瑩、右將軍諸葛靚來迎晉兵。張悌與沈瑩揮兵抵敵，晉兵一齊圍之。周旨首先殺入吳營。張悌獨奮力搏戰，死於亂軍之中，沈瑩被周旨所殺。吳兵四散敗走。

三分歸一統

晉兵大勝，一路凱歌。晉主司馬炎手下的謀士們有的主張繼續作戰，有的主張見好就收。司馬炎正在猶豫間，杜預派人送來表文，要求進兵。司馬炎不再猶豫，下令繼續進攻。

> 不能貽誤戰機，你們別再囉唆了！

王濬等奉了晉主之命，水陸並進，風雷鼓動，吳人望旗而降。吳主皓聞之，大驚失色。

> 這都是陛下寵幸岑昏啊。現在江南軍民對您失望，不戰而降！

> 怎麼辦啊？

> 不至於吧？

> 陛下不知道劉禪身邊那黃皓啊？岑昏跟他是相同貨色。

眾人衝入宮中，先把岑昏殺了，孫皓這才意識到問題的嚴重性，撥御林諸軍與陶濬上流迎敵。前將軍張象率水兵下江迎敵，兩人部兵正行，想不到西北風大起，吳兵旗幟皆不能立，盡倒豎於舟中，兵卒不肯下船，四散奔走，只有張象數十軍待敵。

孫皓聞晉兵已入城，欲自刎。

四十三郡，三百一十三縣，戶口五十二萬三千，官吏三萬二千，兵二十三萬，男女老幼二百三十萬，米穀二百八十萬斛，舟船五千餘艘，後官五千餘人，皆歸大晉。大事已定，司馬炎出榜安民，盡封府庫倉廩。

自此三國歸於晉帝司馬炎，爲一統之基矣。天下大
勢，合久必分，分久必合。後來後漢皇帝劉禪亡於晉
泰始七年，魏主曹奐亡於太安元年，吳主孫皓亡於太
康四年，皆善終。

紛紛世世無窮盡，
無數茫茫不可逃。
鼎足三分已成夢，
後人憑弔空牢騷。

《三國演義》的成書過程

　　小說《三國演義》的作者是元末明初的羅貫中，不過《三國演義》之所以能稱為名著，卻有一個漫長的過程。後人對三國故事的瞭解，首先是通過晉代陳壽所著的正史《三國志》。《三國志》雖被稱為良史，但由於陳壽作史嚴謹，導致《三國志》內容簡略，史料缺乏。

　　到了南北朝時期，宋文帝以《三國志》記事過簡，命裴松之為《三國志》作注。所謂的「作注」，就是將其他書籍中出現的三國史料都錄入書中。經過裴松之作注之後，三國史料大為豐富，為後世留下更多動人的故事。不過，其中也有一些神話、野史、怪談，被後人所詬病。

《三國志》是正史，那些不可靠的資料，我都不採用。

這也太簡單了，我幫你補充補充。

　　陳壽的《三國志》與裴松之的《三國志注》構成了三國的基本史料，有了這些史料的基礎，唐宋時期出現大量和三國有關的戲曲、話本等等。在唐詩中就有「或謔張飛胡，或笑鄧艾吃」的詩句，這說明三國人物的形象早在唐代就已深入人心。

　　在宋代十分流行「說三分」，街頭巷尾都在傳頌三國故事，蘇軾就曾說「聞劉玄德敗，顰蹙有出涕者。聞曹操敗，即喜唱快。」就是說宋代聽眾們，聽到劉備失敗時都面露難過；聽到曹操失敗時都拍手叫好，這說明「尊劉貶曹」的價值觀在宋代已經形成。

劉備失敗了，快給我點紙巾，讓我哭一會。

哈哈，曹操失敗了，一起大笑呀！

到了元代，出現《三國志平話》、《三分事略》等三國小說，說明民間開始以小說的形式來傳頌三國故事。這兩本小說，都對後來《三國演義》的誕生產生了一定的影響。

　　到了元末明初，《三國演義》橫空出世，這是小說家羅貫中根據陳壽《三國志》和裴松之的注解，以及民間三國故事傳說，經過藝術加工創作而成的歷史演

義小說。羅貫中本人曾做過農民起義軍領袖張士誠的幕僚，後來因為對張士誠失去信心，辭官歸野。所以《三國演義》這本小說中，也寄託了羅貫中本人的輔佐明主的抱負。

　　目前市面上流傳的《三國演義》通行本，其實並不是羅貫中的原筆。因為清代的毛宗崗父子曾對羅貫中的《三國演義》進行大幅修改，不僅增刪情節，還整頓回目，並修正文辭，改換詩文。被毛氏父子修改過後的《三國演義》，比起原作的藝術性有所增強，人物形象更加鮮明，為《三國演義》在後世的廣泛流傳起到推波助瀾的作用。

　　《三國演義》是中國文學史上第一部章回小說，更是歷史演義小說的開山之作，也是第一部文人長篇小說，在明清時期甚至有「第一才子書」之稱。《三國演義》與《水滸傳》《西遊記》《紅樓夢》並稱為「四大名著」，廣受後人的喜愛。

《三國演義》這本書真好呀，我再給它潤色潤色。

墮淚碑

墮淚碑位於湖北襄陽的峴山之上，它的來歷與西晉大將羊祜有關。司馬炎稱帝建立晉朝之後，有統一天下的雄心，於是讓心腹大將羊祜鎮守襄陽，總督荊州，謀劃滅吳之計。

羊祜在荊州安撫百姓，懷來遠人，練兵秣馬，屯田積糧食，為日後晉朝滅吳打下豐厚的基礎。

但就在滅吳前夕，羊祜病逝，享年五十八歲，並在臨終前舉薦杜預接任自己的位置。就在羊祜去世的第二天，晉朝三路大軍伐吳，一舉統一天下。當滿朝文武歡聚慶賀的時候，司馬炎手舉酒杯，流著眼淚說：「這是羊祜的功勞啊！」

不要懷念我。

統一天下，都是你的功勞呀。

羊祜在襄陽時期，勤政愛民，深受愛戴。羊祜去世後，襄陽民眾十分懷念他，於是在峴山之上修建一座「羊公碑」，人們走到碑前都會自發地落淚憑弔，因此這座「羊公碑」又被稱為「墮淚碑」。

嗚嗚嗚，看到這羊公碑就想哭。

從古至今，歌詠「墮淚碑」的詩文層出不窮。最有名的當屬唐代詩人李商隱的〈與諸子登峴山〉：「人事有代謝，往來成古今。江山留勝跡，我輩復登臨。水落魚梁淺，天寒夢澤深。羊公碑尚在，讀罷淚沾襟。」這首詩中尾句所提到的「羊公碑」就是「墮淚碑」。

值得一提的是，韓國也建有一座自然風貌酷似此地的襄陽郡，當地的一座山也取名為峴山，山上也復刻了一座「墮淚碑」。由此可見，對英雄的頌揚不分年代，無論國界。英雄們所留下來的智慧與美好品德，是全人類共同的寶貴財富。

中國的英雄實在太了不起了，我們要在自己國內修建一座墮淚碑。

《三國演義》結尾詩（節選）

受禪台前雲霧起，石頭城下無波濤。
陳留歸命與安樂，王侯公爵從根苗。
紛紛世事無窮盡，天數茫茫不可逃。
鼎足三分已成夢，後人憑弔空牢騷。

　　這首詩是《三國演義》的結尾詩，全詩一共四百多字，這裡只節選了結尾。整首詩總結了漢末三國時期的風雲變幻，一唱三嘆，慷慨激昂。最後八句是全詩的點睛之筆，三國百年紛爭最終都化為一夢，留給後人傳頌點評，表達對歷史興亡的感嘆，意猶未盡，感慨至深。

　　小說《三國演義》以《臨江仙》詞作為開篇，又以這篇古風作為收尾，一詞一詩，首尾呼應，結構嚴謹。最後就讓我們在這首詩中，結束《萌漫大話三國演義》的故事吧。